la
NAVIDAD
DEL MULTIMILLONARIO

la

NAVIDAD
DEL MULTIMILLONARIO

J.S. Scott

traducción de Roberto Falcó

Título original: *The Billionaire's Christmas: A Sinclair Novella*
Publicado originalmente por Montlake Romance, USA, 2014

Edición en español publicada por:
Amazon Crossing, Amazon Media EU Sàrl
38, avenue John F. Kennedy, L-1855 Luxembourg
Diciembre, 2020

Impreso por: Ver última página

Primera edición digital 2020

ISBN Edición tapa blanda: 9782496705188

www.apub.com

SOBRE LA AUTORA

J.S. Scott, prolífica autora de novelas románticas eróticas, es una de las escritoras con más éxito del género y ha ocupado los primeros puestos en las listas de libros más vendidos de *The New York Times* y *USA Today*. Aunque disfruta con la lectura de todo tipo de literatura, a la hora de escribir se inclina por su temática favorita: historias eróticas de romance, tanto contemporáneas como de ambientación paranormal. En la mayoría de sus novelas el protagonista es un macho alfa y todas tienen un final feliz, seguramente porque la autora no concibe terminarlas de otra manera. Vive en las hermosas Montañas Rocosas con su esposo y sus dos pastores alemanes muy mimados.

Entre sus obras destaca la serie «Los Sinclair», de la que forma parte la presente novela.

Prólogo

Grady Sinclair se apartó un mechón de pelo con impaciencia, se recolocó las gafas frunciendo el ceño y se puso a teclear de nuevo a velocidad de vértigo. Estaba muy cerca, casi a punto de solucionar el problema de su proyecto de internet, con el que llevaba varios meses peleándose. Era un presentimiento, y su intuición siempre tenía la virtud de empujarlo a solucionar el rompecabezas que tuviera entre manos. De hecho, solo se sentía a gusto consigo mismo cuando estaba enfrascado en uno de sus proyectos informáticos, ya que ello le permitía olvidar que era una persona imperfecta que no había llegado tan lejos como les habría gustado a sus padres.

—¿No te había dicho que bajaras a la fiesta de una maldita vez? —le gritó una voz masculina desde la puerta de la habitación, lo que provocó que Grady se estremeciera.

Se quedó paralizado al oír el exabrupto de su padre, a pesar de que a esas alturas ya debería estar acostumbrado a ello.

Cuando se trataba de su segundo hijo, Martin Sinclair siempre mostraba una actitud de disgusto que, en ocasiones, rozaba la hostilidad.

—Estoy trabajando en algo importante —le dijo a su padre intentando mantener la compostura. Aun así, sintió el corazón en un puño porque ya sabía cuál iba a ser la respuesta.

El hombre corpulento y de pelo entrecano se cruzó de brazos ante él, rojo de ira.

—Toda la familia debe asistir a la fiesta de Navidad de los Sinclair. Tu hermana y tus hermanos van a hacer lo que se espera de ellos mientras tú estás aquí arriba, escondido como un cobarde. Como siempre, eres la vergüenza de nuestro apellido. Mi hijo, el idiota, no ha asistido a nuestra fiesta porque es demasiado estúpido para mantener una conversación normal. Eso es lo que dirá la gente. —Martin hizo una pausa para tomar aire antes de añadir—: Vas a bajar ahora mismo e intentarás comportarte como un Sinclair.

Grady intentó no estremecerse de nuevo y fijó la mirada en los ojos fríos y grises de su padre, idénticos a los suyos.

—No me gustan las fiestas —replicó sin más, plenamente consciente de que el auténtico motivo era mucho más complejo, aunque no estaba dispuesto a entrar en detalles en ese momento. Su padre nunca lo había comprendido y a esas alturas de la vida no iba a cambiar.

—Me importa una mierda lo que te guste y lo que no. No permitiré que ningún hijo mío actúe como un idiota y un cobarde. Sé un hombre y haz lo que se espera de ti —gruñó el anciano—. Quiero verte abajo. Dentro de cinco minutos. Y por una vez intenta no comportarte como un necio.

Martin Sinclair dio media vuelta y se fue sin decir nada más.

Grady lanzó un gran suspiro. En el fondo se alegraba de que su padre hubiera organizado la fiesta de Navidad anual; al menos así no había tenido tanto tiempo para ponerlo de vuelta y media por no estar a la altura de lo que esperaba de todos sus hijos.

Martin Sinclair quería que toda su prole fuera como él, pero Grady sabía que él era… distinto. No le gustaba, pero tampoco podía hacer nada por evitarlo, y con solo dieciocho años sabía que nunca sería como su padre.

Se acercó al armario, sacó un traje y una corbata, y procedió a quitarse los pantalones y la camiseta que llevaba para vestirse de gala. Traje y corbata era la etiqueta mínima exigida para ese tipo de eventos y, si no podía comportarse como un Sinclair, al menos estaba dispuesto a vestirse como uno de ellos.

La fiesta de Navidad anual de los Sinclair lo traía siempre por la calle de la amargura. Y aunque solo tenía dieciocho años, había asistido a muchas, todas ellas una auténtica tortura. Sabía que su hermana y sus hermanos iban a brindarle su apoyo. Su padre haría los comentarios hirientes de rigor, sobre todo a medida que avanzara la noche y Martin Sinclair fuera empinando el codo. Su padre tenía muy mal vino, y cuando bebía solía ponerse de peor humor que estando sobrio, una situación que, por otra parte, tampoco era muy frecuente en él. Su madre ejercería su papel de anfitriona perfecta, como de costumbre, y nunca le llevaría la contraria a su marido. Jamás lo hacía. A buen seguro el carcamal le infundía tanto miedo como a sus hijos, pero no lo exteriorizaba. Lucía una sempiterna sonrisa de plástico de oreja a oreja, que parecía a punto de llegarle a la comisura de los ojos. En ocasiones Grady se preguntaba si su madre era feliz de verdad. Algo muy difícil de decir.

Los Sinclair eran una familia de rancio abolengo instalada en la cima de la clase más adinerada. El hermano mayor, Evan, se había ido a estudiar a Harvard y había vuelto a casa para pasar las vacaciones de Navidad. Grady lo envidiaba y contaba los días que faltaban para que él pudiera seguir su camino. A decir verdad, si estuviera en la piel de su hermano quizá no se habría molestado en volver a casa por vacaciones. Siempre hubiera podido inventarse alguna excusa para quedarse en el campus y evitar las humillaciones de las que era siempre objeto en las fiestas de Navidad. Sin embargo, Evan no sentía la misma aversión que Grady hacia aquel tipo de fiestas y reuniones. Es más, estaba convencido de que su hermano debía de encontrarse ya abajo cautivando a los invitados con su encanto personal. Tal vez no se lo pasaba en grande, pero era capaz de ponerse la coraza Sinclair a voluntad, un rasgo que Grady admiraba, pero que jamás había llegado a dominar. Todos sus hermanos sabían interpretar a la perfección el papel de un Sinclair ejemplar, un talento del que él carecía y por el que estaría dispuesto a dar su testículo derecho. Qué diablos, daría los dos si ello le permitiera salvarse de las críticas implacables de su padre. Grady hizo una mueca, se agarró los genitales y pensó en la posibilidad de perder los dos testículos. Bueno, quizá no sería necesario llegar a semejante extremo. Tenía dieciocho años y, a esas alturas de la vida, esa parte de su anatomía le parecía de vital importancia. Aun así, estaría dispuesto a dar casi cualquier cosa con tal de no ser el Sinclair raro de la familia. Si pudiera encajar no tendría que llamar la atención de nadie.

«Soy la oveja negra, el Sinclair que no cumple con las expectativas».

Grady se miró en el espejo de cuerpo entero, se arregló la corbata e intentó dominar su pelo negro azabache y rebelde. Era un chico alto, desgarbado y algo torpe, ya que aún no se había adaptado al rápido crecimiento que su cuerpo había experimentado en los últimos dos años. Pensó en quitarse las gafas para alejarse un poco de su aspecto habitual de bicho raro; además, una de las ventajas de no ver bien era que no tendría que soportar las miradas condescendientes de su padre y sus invitados. Pero, claro, así también aumentaban las probabilidades de que fuera por ahí tropezando con todo, lo que lo haría parecer aún más torpe y estúpido de lo que era. Negó con la cabeza, consciente de que el miedo que sentía se reflejaba en sus ojos, una sensación que no soportaba. Si él mismo podía ver en el espejo el pánico que lo atenazaba, sabía que los demás también lo detectarían.

«Puedo hacerlo. Puedo hacerlo. No es el primer año», pensó.

Grady irguió la cabeza, salió del dormitorio y soportó la acometida del barullo de la fiesta en cuanto llegó a las escaleras.

Tenía las manos empapadas en sudor y tuvo que hacer un esfuerzo para tragar saliva y deshacer el nudo que se le había formado en la garganta mientras avanzaba hacia la multitud, la horda de gente a la que apenas conocía. Y, como siempre, sabía que todo el mundo se mostraría implacable, que se reiría de su extraño comportamiento, que compadecería a su padre por tener un hijo tan desgraciado. Su padre solo trataba con gente de categoría y adinerada, personas que eran, sin apenas excepciones, tan artificiales como su progenitor, y en muchos casos igual de crueles.

«¿Por qué tengo que ser distinto? ¿Por qué no puedo encajar como los demás?», pensó.

Grady notó que el corazón le martilleaba el pecho e hizo un gran esfuerzo para no hiperventilar, realizando respiraciones lentas y profundas.

—No te dejes intimidar, Grady. Eres más inteligente que cualquiera de ellos. —Evan se acercó hasta él y le dio un plato de comida y un vaso de ponche para que tuviera ocupadas las manos, sudorosas—. Intenta distraerte comiendo y no les hagas caso.

Grady tomó un buen trago de ponche con la esperanza de que tuviera alcohol, miró a Evan a los ojos y asintió con un gesto de confianza impostada.

«Por eso Evan vuelve siempre a casa aunque no le apetezca. Lo hace por mí», pensó Grady.

A su hermano tampoco le apetecía estar ahí. Grady lo notaba. Intentaba ser un fiel reflejo del hombre de negocios duro y despiadado que tanto le gustaba a su padre, pero Evan nunca se parecería a él y tampoco le gustaban los invitados de aquella fiesta. Había acudido por un único motivo: apoyar a su hermano pequeño Grady.

Uno a uno, los cuatro hermanos lo rodearon. No dijeron nada, simplemente acudieron en su ayuda en silencio.

Grady se mantuvo en un discreto segundo plano en todo momento, intentando calmar el ritmo desbocado de su corazón y sin poder aplacar la leve sensación de mareo que se había apoderado de él. En ese instante se prometió a sí mismo que esa sería la última Navidad que cedería ante aquella bandada de buitres que, desde que tenía uso de razón, se abalanzaba sobre él todos los años para humillarlo. ¡Nunca jamás volvería a pasar por semejante calvario!

Con el tiempo se demostró que Grady fue fiel a su promesa.

Unas horas más tarde, mientras Martin Sinclair les soltaba un sermón a sus hijos sobre todo lo que habían hecho mal durante la fiesta de Navidad, el hombre puso los ojos en blanco. Se llevó la mano al pecho, se quedó sin aliento y se desplomó con el rostro empapado en sudor y lívido exhalando el último suspiro. Todos comprendieron que su padre había muerto, pero no derramaron ni una sola lágrima. Martin Sinclair les dejó a ellos y a su esposa una jugosísima herencia. Esa fue la última fiesta de Navidad que organizó la familia.

También fue el año en que Grady Sinclair admitió que odiaba la Navidad y que siempre la odiaría.

Capítulo 1

—No me puedo creer que vayas a acudir a la Bestia de Amesport para pedirle un donativo. Una de dos: o eres muy valiente o estás muy desesperada. Grady Sinclair es la última persona de este mundo que te ayudaría.

Emily Ashworth estaba sentada a su escritorio, frunció el ceño y miró a su mejor amiga. Miranda, a la que todo el mundo llamaba Randi, era maestra y en su tiempo libre colaboraba como voluntaria en el centro para ayudar a los niños que necesitaban un apoyo para seguir adelante con los estudios.

—¿Me queda alguna otra opción? Es multimillonario, vive en Amesport y necesito el dinero. Faltan tres semanas para Navidad y Paul se lo llevó todo.

Emily miró la pantalla del ordenador: el saldo bancario del Centro Juvenil de Amesport estaba en números rojos. Su exnovio, si es que podía calificarlo de tal, se había esfumado y se había llevado consigo todo el dinero de la asociación. ¡Maldita sea! Tendría que haberse dado cuenta de que Paul era un estafador, de que solo le importaba una cosa. Su actitud, en definitiva, debería haber levantado sospechas. Toda la atención y el afecto que le dedicaba no era más que una vulgar excusa para echarle la zarpa a aquel dinero, una cantidad a la que nunca debería haber tenido acceso.

«Es culpa mía. Soy la directora. Debería haberlo vigilado de cerca y no dejarlo nunca a solas en mi despacho», pensó.

Paul la había embaucado y ella se había tragado el anzuelo de sus mentiras como una estúpida. ¡Ese desgraciado! Había ido a verla al centro solo dos días antes. Cuando Emily se ausentó para atender una emergencia de un chico que se había hecho daño jugando a baloncesto, Paul se quedó solo en el despacho durante un rato. Ella estaba revisando las cuentas del centro, pero cuando se fue no se desconectó, y así fue como le dio acceso total al dinero. Al día siguiente ya se había ido y en la cuenta de la asociación solo quedaban las telarañas. En ningún momento pensó en las posibles consecuencias de lo que estaba haciendo.

—No es culpa tuya —le dijo Randi para intentar calmarla mientras apoyaba el trasero en su escritorio—. No podías saber que ocurriría algo así.

—Paul siempre sabía lo que tenía que decir, pero sus halagos eran un poco artificiosos y la última vez que lo vi parecía algo nervioso y tenso. No sé, estaba como distraído, con los nervios a flor de piel, pero lo atribuí a que tenía un mal día. Debería haberme dado cuenta de que había algo extraño. —Emily miró a su amiga menuda y de pelo oscuro, preguntándose si ella también se habría dejado embaucar y llegó a la conclusión de que seguramente no habría sido así—. Da igual de quién sea la culpa, la cuestión es que tengo que solucionarlo porque si no, el centro corre el peligro de desaparecer. Además, no tenemos dinero para comprar regalos de Navidad o comida para la fiesta anual. Nuestro regalo es lo único que reciben algunos de estos niños por Navidad. —A Emily se le cayó el alma a los pies y se llevó una mano al pecho—. No puedo dejarlos tirados, no puedo abandonar a la comunidad.

Amesport era una pequeña población de la costa, pero había un número considerable de niños que necesitaban la ayuda del centro, ya que también atendían a las comunidades más cercanas. Perder la asociación supondría un duro revés para la región.

Randi puso los ojos en blanco.

—Entonces, ¿qué piensas hacer? ¿Llamar a la puerta de Grady Sinclair y pedirle dinero?

—Ese es el plan, sí. Podemos conseguir pequeños donativos de la comunidad, pero ello no nos permitirá cubrir el presupuesto operativo del resto del año. La única forma de solucionar este descalabro es con un gran donativo —respondió Emily, que lanzó un suspiro y apoyó la cabeza sobre los brazos doblados, dando rienda suelta a las lágrimas de frustración que había contenido hasta entonces—. Y no tengo dinero suficiente para ponerlo de mi bolsillo.

—Ojalá pudiera dártelo yo, pero tampoco dispongo de esa cifra —intentó disculparse Randi—. Y creo que él tampoco te lo dará, así que mejor te ahorras la humillación de pedírselo. Grady Sinclair no tiene fama precisamente de ser un hombre amable y generoso. Quizá alguno de sus hermanos…

—Es el único que vive aquí, los demás están lejos —respondió Emily, consciente de que no podría ponerse en contacto con el resto de miembros del clan, ya que vivían fuera a pesar de tener casa en la península de Amesport.

Lo había intentado. Lo último que le apetecía era tratar con un hombre que tenía fama de grosero, antisocial y condescendiente, pero era el único Sinclair con el que podía hablar. De modo que poco le importaba que hiciera honor a su fama de bestia, no le quedaba más remedio que acudir a él. A decir verdad, seguramente merecía que le cerrara la puerta en las narices. Lo que había ocurrido era culpa suya, a pesar de que la policía le había asegurado que en los últimos meses eran varias las empresas de Maine que habían sufrido robos similares, aunque aún no habían podido atrapar al autor. Sin embargo, si ella no se hubiera dejado embaucar por los encantos y la atención que le había prodigado Paul, el futuro del Centro Juvenil no estaría en peligro.

«Los hombres como él no se enamoran de mí. ¡Tendría que haber desconfiado! Paul se aprovechó de su encanto físico y personal para inducirme a bajar la guardia y le funcionó porque no estoy acostumbrada a que los hombres me dediquen este tipo de atención», pensó.

Emily era alta, con sus buenas curvas, y llevaba siempre recogida su melena rubia en una coleta. Las gafas viejas que le ocultaban los ojos tampoco le hacían ningún favor y apenas se maquillaba porque tenía la piel muy sensible. Además, tenía el don de pasar desapercibida y los hombres la miraban siempre con ojos de amiga más que de novia.

—No llores por Paul. ¿Y qué si es atractivo? Es un ladrón y no es digno de una sola de tus lágrimas. Te juro que si lo encuentro, yo misma lo capo —le soltó Randi con vehemencia—. Es obvio que no has sido su primera víctima, pero quiero asegurarme de que seas la última.

Emily levantó la cabeza y se secó las lágrimas.

—No lloro por él, solo salimos unas semanas y está claro que no llegué a conocerlo bien. Pero los niños…

—Los niños saldrán adelante. Ya se nos ocurrirá algo.

El Centro Juvenil era el corazón de Amesport. El viejo edificio de ladrillo no solo se había convertido en un refugio para jóvenes de todas las edades que necesitaban apoyo y atención, sino que era el lugar donde se celebraban todos los acontecimientos importantes, desde banquetes de boda a actos organizados para la gente mayor. Era el sitio que acogía todas las cosas buenas de Amesport y, si algo tenía claro Emily, era que no pensaba fallar a la comunidad dejando que el centro desapareciera. Los habitantes de esta maravillosa población, desde los más jóvenes hasta los mayores, necesitaban ese punto de encuentro y las actividades y servicios que ofrecía. Emily no había regresado a Amesport para acabar destruyendo el centro del que tanto se había beneficiado ella misma de joven.

Amesport siempre había sido el hogar de Emily. La única época en la que no vivió ahí fue cuando se marchó a estudiar a California. Tras graduarse, no volvió de inmediato porque intentó forjarse una carrera profesional, pero no tardó en darse cuenta de que, en el fondo, le importaba muy poco llegar o no a la cima.

Como directora financiera de una gran organización benéfica, Emily creía que disfrutaría de su trabajo, en un entorno donde la prioridad tenía que ser ayudar a la gente. Sin embargo, no era ese el principal objetivo de la junta directiva y enseguida se dio cuenta de que no se sentía cómoda en esa organización. Con el tiempo fue como si trabajara para una empresa cualquiera más, ya que las dinámicas internas eran las mismas. Por desgracia, a la dirección le interesaba más la política y quedar bien con la gente adecuada para conseguir un ascenso que ayudar a los demás.

Cuando su madre le dijo que el anterior director del centro se había jubilado, Emily decidió volver a casa para instalarse en Amesport. Fue reconfortante descubrir que habían cambiado tan pocas cosas en su ausencia, salvo el hecho de que los hermanos Sinclair habían decidido tomar posesión de la península que había a las afueras de la pequeña ciudad, una extensión de tierra que pertenecía a su familia desde hacía varias generaciones. Grady había sido el primero en construirse una casa, y el resto del clan no tardó en imitarlo. No obstante, por lo que ella sabía, Grady Sinclair era el único que se había trasladado a la península. Aunque sus hermanos tenían casa allí, apenas visitaban Amesport.

—Tengo que hacer una cosa —susurró Emily entre dientes, algo desesperada. Se levantó y se puso su chaqueta de un rojo intenso.

—He oído que desayuna mujeres y niños por igual —le advirtió Randi en un tono inquietante y con una media sonrisa en los labios.

Emily se alisó la chaqueta en torno a sus generosas caderas y le soltó a su amiga:

—Pues conmigo tendrá para un buen *brunch*.

A diferencia de su amiga, una chica más bien menuda, Emily era una mujer de formas rotundas, capaz de saciar a cualquier hombre, por muy voraz que fuera.

Hacía ya un año que había vuelto a Amesport y se había puesto al frente del Centro Juvenil, pero aún no se había cruzado con ningún miembro del clan Sinclair. Al parecer, los hermanos se pasaban el año viajando o vivían en otro lugar y solo utilizaban la casa de Maine como segunda residencia. En cuanto a Grady Sinclair, no frecuentaba el pueblo, pero sus escasas y desabridas interacciones con los vecinos le habían granjeado la fama de ser un cretino redomado. La gente de Amesport estaba acostumbrada a que todo el mundo fuera muy educado y amable, pero uno de los pasatiempos favoritos era chismorrear sobre los recién llegados. Al parecer, Grady Sinclair no cumplió con las expectativas de amabilidad de la gente y Emily no comprendía por qué se había trasladado a Amesport. Los Sinclair eran de Boston. Sí, tenían tierras en la zona, pero también tenían muchas otras propiedades por todo el país.

Randi se puso en pie y su sonrisita burlona desapareció y fue sustituida por una mirada de preocupación.

—¿Estás segura de que quieres seguir adelante con esto? —le preguntó a su amiga.

—Ya lo creo —respondió Emily muy segura de sí misma y tomó su bolso—. No creo que sea tan ogro.

Randi se encogió de hombros.

—La verdad es que tampoco lo conozco en persona, pero por lo que he oído, es la viva reencarnación del diablo.

Emily puso los ojos en blanco.

—Gracias. No te imaginas lo que me tranquilizan tus palabras.

Randi agarró a Emily del brazo mientras se dirigían a la puerta y la abrazó.

—Ten cuidado. ¿Quieres que te acompañe?

A Emily la conmovió que su amiga estuviera dispuesta a enfrentarse a la bestia con ella y le devolvió el abrazo muy agradecida. Cuando la soltó, le dijo:

—No, pero ¿te importaría cuidar del centro en mi ausencia? Casi todos los chicos ya se han ido porque se avecina una tormenta, pero hay sesión de bingo en la sala de actos.

Randi asintió y sonrió.

—Iré a echar un vistazo y cerraré cuando se hayan marchado. Suelen tener un buen surtido de aperitivos.

Emily frunció el ceño en un gesto burlón, celosa de no compartir el metabolismo y la afición al deporte de su amiga. Randi era de esas personas que podía darse auténticos atracones y no engordaba ni un gramo.

—Ten cuidado. Esas ancianitas pueden ponerse muy violentas si intentas robarles más alitas de pollo de la cuenta —le advirtió Emily con una sonrisa.

—No se darán cuenta de mi presencia. Entraré y saldré sin que me vean. Soy toda una experta en el arte de robar comida.

Emily sabía que Randi lo decía en broma, pero conocía muy bien a su amiga y no dudaba de que sus palabras encerraban algo de verdad.

—Gracias —le dijo Emily con un hilo de voz.

Randi se despidió de ella con una sonrisa afectada y se dirigió hacia la puerta que conducía al salón de actos.

Emily lanzó un gran suspiro de camino hacia la calle, intentando reprimir la inquietud que le producía la idea de tener que hablar con Grady Sinclair. En su época en California había tenido que tratar con gente intimidante. Y sí, era multimillonario, pero también era una persona, ¿no? No podía ser muy distinto de cualquier otro hombre rico al que hubiera conocido en su experiencia profesional.

Mientras avanzaba por la oscura carretera y bajo una intensa nevada, Emily no podía dejar de pensar que su destartalada furgoneta le pedía a gritos un cambio de neumáticos, pero lo cierto era que no tenía dinero para hacer frente a un gasto tan considerable. A decir verdad, no solía darse demasiados caprichos y no se compraba nada a menos que fuera una auténtica necesidad. Aún no había acabado de devolver el préstamo estudiantil y como el sueldo que le pagaban en su actual trabajo no era nada del otro mundo, no podía llevar una vida de grandes lujos. Habría podido ganarse mejor la vida en cualquier otra empresa gracias a sus estudios de Empresariales, pero prefería renunciar a ciertas cosas antes que regresar al salvaje mundo de los negocios. No tenía el instinto asesino necesario para ascender en el escalafón empresarial y aplastar a todo aquel que intentara interponerse en su camino. Lo único que deseaba era tener un trabajo que le permitiera hacer el bien. Algo que sí había encontrado en el centro. Por desgracia, había cometido el error de salir con el chico equivocado, la historia de su vida. Cierto, no se había llevado una fortuna, pero era una cantidad considerable para ella y ahora no tenía forma de restituirla. Se trataba de los fondos destinados a los gastos del centro para el mes de diciembre, una suma que habían ido ahorrando a lo largo del año para organizar diversas actividades navideñas. Además, sabía que era un importe que no podía poner ella de su bolsillo ni podía recuperar mediante donativos.

—No creo que la policía tenga suerte tampoco —murmuró Emily cuando se detuvo ante la verja que cortaba el acceso a la península.

Paul se había esfumado con una facilidad pasmosa, como si nunca hubiera existido en su vida. La policía había puesto en marcha una investigación, pero no disponía de demasiada información.

A buen seguro Paul ni siquiera era su nombre auténtico, y había dado varios golpes parecidos en el pasado sin que lo atraparan, si los incidentes similares habían sido perpetrados por el mismo hombre.

Tragó saliva y se quedó mirando la inmensa verja metálica que se alzaba ante ella, preguntándose cómo iba a atravesarla, cuando las puertas empezaron a abrirse en silencio.

«No hay nadie vigilándolas. Deben de tener sensores de movimiento», pensó.

Pues menuda sorpresa. De hecho, tardó unos segundos en reaccionar y cruzar la verja abierta. Cuando por fin abandonó el estado de trance que se había apoderado de ella, dio gas, pero los desgastados neumáticos traseros de la furgoneta empezaron a patinar. Por suerte pudo controlar el vehículo y siguió avanzando por la carretera. Empezaba a nevar con ganas. Una nieve intensa y muy húmeda, con fuertes rachas de viento, presagio inequívoco de que se aproximaba un ciclón.

«¿Qué esperabas? ¿Una fortaleza?», pensó.

Pero, sí, de hecho pensaba que habría algún tipo de barrera que separaría a la familia megarrica de los Sinclair del resto del mundo. A pesar de que la península no era muy grande, los Sinclair eran los dueños de todo el cabo y la carretera era privada. El hecho de que los visitantes pudieran entrar simplemente acercándose a la verja era toda una sorpresa. Recordaba que de niña aquella extensión de terreno siempre había estado vacía y que siempre había hecho caso omiso del cartel de PROHIBIDO EL PASO para disfrutar de las playas, su lugar predilecto de la zona.

«Mi lugar favorito se encuentra justo donde Grady Sinclair se construyó la casa», pensó.

No tenía muy buena visibilidad, pero se colocó bien las gafas en el puente de la nariz y entornó los ojos para atisbar algo entre la ventisca que empezaba a arreciar. Dejó atrás varios caminos de acceso privados y siguió avanzando, porque sabía que la casa de Grady era la última.

La carretera moría en su mansión. Emily aparcó la furgoneta en el camino circular que daba acceso a la casa y apagó el motor.

«¡Debo de estar loca!», se dijo.

Antes de que le diera tiempo a pensar en lo que estaba haciendo e irse, Emily agarró el bolso y cerró la puerta de la furgoneta de un fuerte golpe. Se alegró de haberse puesto un jersey y pantalones para protegerse del tiempo, pero lamentó no llevar unas buenas botas, ya que sus zapatillas deportivas patinaban en la nieve recién caída.

La casa era enorme y se quedó mirando boquiabierta las puertas de roble que se alzaban ante ella. Le dieron ganas de huir corriendo de aquel lugar.

—¿Cómo es posible que un hombre soltero tenga una casa tan grande? —susurró algo intimidada—. Un hombre que tiene suficiente dinero para donarlo al Centro Juvenil —respondió entre dientes.

Avanzó con paso firme hacia la puerta con ese único pensamiento en mente y pulsó el timbre con más fuerza de la necesaria, lo que la hizo resbalar y caer de un modo muy ridículo en la puerta de Grady Sinclair.

«Qué entrada tan espectacular y elegante, Emily. Impresiónalo con tu profesionalidad».

Enfadada consigo misma, intentó agarrarse en el porche de piedra helado para ponerse de pie antes de que Grady abriera la puerta, pero resbaló de nuevo y dio con sus posaderas en el suelo. Emily se estremeció al golpearse en la rabadilla contra el gélido suelo.

—¡Mierda!

De pronto se abrió la puerta y Emily Ashworth, en una postura muy indecorosa y con el trasero helado, pudo ver con sus propios ojos a la bestia.

Tenía las gafas mojadas y empañadas, pero el hombre que se había presentado ante ella no se parecía en absoluto a ninguna bestia que hubiera podido ver jamás, aunque sin duda era un hombre de aspecto feroz, oscuro y peligroso. Grady Sinclair le tendió la mano sin decir nada, convencido de que ella iba a tomarla. Y así fue. Emily le agarró la mano y él la ayudó a levantarse, como si pesara tan poco como una pluma. Intentó ponerse derecha rápidamente para recuperar parte de la dignidad perdida y se lo quedó mirando boquiabierta. Emily no era precisamente bajita, pero parecía una enanita ante aquel gigante que se alzaba amenazador frente a ella. Vestía de modo informal, con una camiseta térmica que le marcaba y resaltaba hasta el último pliegue de su escultural torso. Llevaba unos pantalones que parecían desgastados y que le quedaban… como no le quedaban a ningún otro hombre que hubiera visto jamás.

«¡Dios mío!», pensó. Qué guapo era Grady Sinclair. Tenía el pelo oscuro alborotado y la cara como si acabara de levantarse de la cama, lo que despertó en ella el deseo desbocado de llevarlo a rastras al dormitorio. Al que estuviera más cerca. Parecía que no se había afeitado y la sombra de barba oscura y masculina que le cubría la mandíbula no hacía sino realzar aún más el efecto de la testosterona que parecía fluir por sus venas y que Emily tenía la sensación de estar experimentando en carne propia, una reacción que la hizo estremecer de placer.

Respiró hondo mientras Grady la examinaba con sus ojos grises, que acabaron posándose en su cara.

—Hola —lo saludó ella con un hilo de voz, incapaz de articular una frase más elaborada en ese momento.

Estaba medio aturdida y ruborizada por la vergüenza que había pasado. La escena que acababa de producirse no guardaba ningún parecido con la entrada profesional que ella había ensayado mentalmente, y su reacción lujuriosa al ver a Grady la había puesto muy nerviosa.

«Tengo que serenarme, me estoy comportando como una idiota. Necesito su donativo», pensó.

Grady la agarró de la chaqueta, la arrastró hacia el interior de la casa y cerró la puerta tras ella. Le quitó las gafas sin mediar palabra y se las limpió con la camiseta antes de devolvérselas.

—No pareces una de las mujeres de mi hermano Jared —le dijo él de un modo algo brusco—. El dormitorio está arriba.

Señaló con el pulgar la escalera de espiral que había en el otro extremo del enorme salón.

Emily se lo quedó mirando atónita durante unos segundos y a continuación dirigió la mirada hacia la sala de estar para intentar situarse, porque era obvio que le costaba pensar con claridad cuando lo tenía ante sí.

«¿Dormitorio? Pero ¿de qué diablos me está hablando? ¿Mujeres de Jared?», pensó.

—Creo que me confunde con otra persona. No lo conozco a usted ni a Jared. He venido a pedirle un favor.

«¿Por quién me toma?».

—De modo que has venido a ofrecerme tus favores a cambio de un favor, ¿no? —preguntó Grady muy serio, con una voz de barítono que no presagiaba nada bueno—. Mi hermano Jared me ha dicho que necesitaba acostarme con alguien, y lo habitual, cuando tiene a bien ofrecerme alguno de sus consejos, es que aparezca una mujer en mi casa al cabo de poco. Yo me limito a pedirles que se vayan y les doy un cheque por las molestias. Pero hoy he decidido que voy a aceptar su proposición —dijo con voz áspera.

Emily tragó saliva.

—¿Alguien le envía mujeres…? ¿En plan… prostitutas?

Dios santo. Lo último que Grady Sinclair necesitaba era una prostituta. No se le ocurría el motivo por el que una mujer pudiera rechazarlo.

—¿Acaso tengo aspecto de puta? —le preguntó ella indignada y ofendida ante la idea de que era una de esas dispuesta a venderse por un puñado de dólares.

Sin embargo, sintió un escalofrío en la columna que desembocó entre sus piernas al pensar que alguien como él podía desearla y de lo que sería capaz de hacerle si fuera una fulana. No era una mujer guapa, tenía una figura rotunda, con muchas curvas, que no se ajustaba al canon estético de la mayoría de los hombres.

Grady le desabrochó la chaqueta, se la quitó y la colgó junto a la puerta. Se volvió hacia ella y le dijo:

—No, no lo tienes. Por eso quiero acostarme contigo.

Emily soltó un grito ahogado al oír semejante descaro, que la hizo ruborizar.

—Bueno, no conozco a Jared y no quiero hacer «eso». —Qué mentirosa era. Se moría de ganas de hacerlo, pero no estaba dispuesta a admitirlo cuando él acababa de insultarla. Además, no le iban ese tipo de encuentros a salto de mata—. Soy Emily Ashworth, directora del Centro Juvenil de Amesport. Quería hablar con usted sobre un posible donativo.

Se estremeció al notar la mirada intensa y abrasadora que se deslizó por todo su cuerpo y regresó a su rostro. Una mirada tan excitada y ávida de sexo que notó una sensación húmeda en la entrepierna.

—Estás helada —le dijo él de pronto. La agarró de la mano y la arrastró por el salón y un pasillo, hasta una cocina algo más alegre—. Siéntate —le ordenó cuando le soltó la mano y se detuvo junto a la mesa.

Emily obedeció, pero estaba tan confundida que fue incapaz de hacer nada más. Se limitó a observar en silencio a Grady Sinclair, que se movía por la cocina con una agilidad a priori impensable para un hombre tan corpulento y musculoso como él. Era un espectáculo fascinante observarlo desde detrás. En realidad, Emily sentía algo muy parecido a los celos hacia aquellos pantalones ceñidos que le marcaban el trasero de forma tan obscena que hasta le pareció ver la flexión de los músculos de las nalgas con cada movimiento, un espectáculo glorioso del que no quería apartar la mirada. Al final, cuando por fin se armó de la energía necesaria para apartar los ojos de él, examinó la cocina: un espacio amplio con unas preciosas encimeras de granito y suelo de parqué pulido. Estaba equipada con electrodomésticos de última generación que Emily miró con codicia y con ollas de cobre que colgaban de ganchos del techo. Había también un espacio para comer, con una mesa de madera pulida, pero por lo demás era una estancia austera y no tenía la pinta de que le hubiera dado un gran uso.

Al cabo de poco volvió a la mesa de la cocina, le dejó una taza delante y se sentó junto a ella, también con una taza en las manos. Emily la rodeó con los dedos helados y lanzó un suspiro al inhalar el delicioso aroma que desprendía. Era sidra caliente y tomó un largo sorbo. El líquido cálido hizo que su cuerpo empezara a entrar en calor de inmediato.

—Gracias —le dijo ella al dejar de nuevo la taza en la mesa—. Entonces, ¿está dispuesto a considerarlo?

—¿Por qué? —le preguntó con voz sombría y una mirada insinuante que la hizo revolverse incómoda en la silla.

—El centro necesita dinero.

—¿Por qué? —preguntó de nuevo, enarcando una ceja. Tomó un sorbo de su taza sin apartar los ojos de ella.

«Sabe que estoy desesperada, que si he venido aquí a estas horas a pedirle dinero, es por un motivo», pensó ella.

—Salía con un hombre que robó el dinero del centro y ahora no podemos mantenerlo abierto a menos que recibamos un donativo generoso —admitió Emily, que no pudo evitar preguntarse por qué sentía la necesidad de ser tan sincera con él.

A pesar de las dudas, le contó la historia de cómo les habían robado todo el dinero mientras Grady la observaba impertérrito.

—Así pues, ¿estaría dispuesto a ayudarnos? —le preguntó Emily hecha un manojo de nervios cuando acabó de relatarle lo ocurrido.

Grady guardó silencio con un gesto contemplativo sin dejar de mirarla. Fueron unos minutos muy intensos hasta que respondió:

—Tal vez esté dispuesto a considerarlo, pero quiero algo a cambio.

Emily tomó otro sorbo de sidra y lo tragó incómoda antes de añadir:

—¿De qué se trata? Haré lo que sea para darle lo que desee.

El futuro de Amesport dependía de aquella respuesta y Emily sabía que no tenía nadie más a quien recurrir. Aquella era su única tabla de salvación.

—Me alegro porque eres la única que me puede conseguir lo que quiero —admitió como quien no quiere la cosa—: te deseo a ti.

Emily estuvo a punto de atragantarse y escupió la sidra. Cielo santo, a lo mejor era cierto que Grady Sinclair era la bestia de Amesport.

—No puedo privar a Amesport de su Navidad y el centro debe permanecer abierto, así que estoy dispuesta a hacer lo necesario para no decepcionar a los muchachos, pero no pienso acostarme con usted para lograrlo —le aseguró indignada.

—No es necesario que nos acostemos —le soltó Grady con brusquedad—. Y odio la Navidad.

«¿Cómo es posible que odie la Navidad? El único que no soporta esta época del año es el señor Scrooge», pensó Emily, que miró a su alrededor y examinó aquella casa decorada con tan buen gusto: no había ni un triste adorno rojo o verde por ningún lado. No había visto ninguna figurita de Navidad en el salón y en el comedor y la cocina tampoco había visto nada.

—Pues a mí me encanta la Navidad. Es la época para dar y ayudar a los demás, unos días de perdón y alegría.

—No es eso lo que yo he experimentado a lo largo de mi vida —replicó Grady, que se levantó de la silla para dejar la taza en el fregadero—. Son unos días de avaricia comercial en los que todo el mundo espera algo a cambio. En el fondo, nadie es feliz. No es algo real. La gente solo hace lo que cree que se espera de ellos.

Emily se levantó y se dirigió hacia él a grandes zancadas, aclaró ambas tazas en el fregadero y las puso en el lavavajillas.

—Para mí es la época más feliz del año. —Puso los brazos en jarra y miró a Grady, preguntándose por qué era tan cínico. Sin embargo, su enfado se esfumó al ver un atisbo de vulnerabilidad en su mirada, algo que le confirmó que Grady no era un hombre cruel. Simplemente le estaba contando cómo había vivido la Navidad a lo largo de su vida y, por un instante, sintió la necesidad irrefrenable de abrazarlo y demostrarle que no todo el mundo quería algo de él.

«Lo malo es que yo sí quiero algo de él. Necesito que done una importante cantidad de dinero para el centro», pensó Emily.

—No puedo acostarme con usted por dinero, señor Sinclair —le dijo Emily sin más.

—Haré un donativo de un millón de dólares —dijo con su voz áspera. Se acercó a ella y la arrinconó contra el fregadero—. Y tutéame. No quiero que me llames señor Sinclair. Somos demasiados los que atendemos a ese apellido.

—No puedo —susurró ella con un hilo de voz y lamentó de inmediato tener una ética de trabajo tan estricta—. Además, no hay nadie dispuesto a donar un millón de dólares al Centro Juvenil de Amesport.

—Yo lo haría —replicó él.

Emily se sintió embargada por el aroma que desprendía aquel hombre cuando apoyó las manos en el fregadero. Era una fragancia tan masculina que resultaba embriagadora. Grady olía a océano y a pino, y desprendía un seductor olor a almizcle, único.

Sus miradas se cruzaron y ninguno de los dos apartó la vista. El tiempo se detuvo cuando Emily se sumergió en el mar gris abrasador de sus ojos, que le recordaba a una tormenta que avanzaba desde el océano. Grady la había embestido como una tormenta violenta y ahora el corazón le latía desbocado mientras esperaba la acometida inevitable de una fuerza de la naturaleza.

En realidad, Emily no creía que fuera a donar un millón de dólares al Centro Juvenil de Amesport solo para acostarse con ella, pero debía admitir que era el primer hombre que la miraba de aquel modo, como si tuviera que poseerla más que nada en el mundo. Por desgracia, Emily tenía la sensación de que ella lo estaba mirando del mismo modo.

—Ese novio que te robó... ¿lo querías? —preguntó Grady, que mantenía un gesto impertérrito, pero cuya mirada decía algo muy distinto.

—Solo llevábamos saliendo unas semanas. Y no, no lo quería. Era obvio que solo estaba conmigo por el dinero. Yo no le interesaba lo más mínimo.

Resultaba doloroso, pero era la verdad. Ella solo había sido un títere del plan de Paul, alguien de quien podía deshacerse sin más.

—¿Te acostaste con él? —le preguntó Grady sin andarse con rodeos.

—No. Claro que no. Apenas lo conocía —replicó Emily, ofendida.

—Bien. —La expresión de Grady se transformó en un gesto de satisfacción—. Porque era un cretino.

Se había acercado tanto a ella que notaba su aliento cálido en la mejilla, una proximidad que la hacía estremecer de deseo.

—Por favor —susurró, aunque no tenía ni idea de lo que deseaba de verdad. Lo único que sabía era que estaba atrapada en una especie de compulsión de la que no podía huir. Lo abrazó del cuello, todavía esclava de su aroma, de la necesidad de sentir el roce de su cuerpo musculoso.

Grady agachó la cabeza sin mediar palabra y la besó. De repente Emily supo lo que siempre había deseado. Se entregó a él con un gemido lujurioso, arrastrada por la pasión que emanaba de la bestia.

Capítulo 2

Grady sabía que deseaba a la mujer que tenía en sus brazos desde el momento en que la vio en el suelo de su porche, frente a la puerta de su casa, mirándolo con esos ojos azules e inocentes a través de unas gafas torcidas y con una expresión de incomodidad en la cara. Emily Ashworth parecía un ángel que había caído por casualidad en su porche y se llevó una pequeña decepción al recordar que Jared había amenazado con enviarle un ligue de una noche. Era lo último que deseaba… hasta que vio a Emily. En ese instante, el flujo sanguíneo se concentró en su entrepierna y el único pensamiento que ocupó su cabeza fue echársela al hombro, llevársela al dormitorio y poseerla tan rápido como fuera humanamente posible.

«Mía», pensó Grady.

La agarró del pelo y lanzó un gruñido entre sus labios mientras le deshacía el lazo que le sujetaba el pelo y que permitió que su melena de seda se derramara entre sus dedos y le acariciara las manos como una amante. Grady había cedido a la codicia y la desesperación. Arrastrado por el anhelo de la pasión, su lengua ansiaba conquistar los dulces labios de Emily, que sabían a ambrosía. Su deseo era insaciable. Quería devorarla de pies a cabeza, pero ella le había dicho que no, lo que no hacía sino exacerbar su deseo. Había algo en aquella mujer que le llegaba a lo más hondo, capaz de derretir el hielo de su corazón y de aliviar la inquietud y soledad que se habían convertido en sus compañeras inseparables. Era una sensación estimulante y aterradora al mismo tiempo.

«Soy feliz estando solo. Hago lo que quiero, cuando quiero. Me gusta que así sea», pensó Grady.

Sin embargo, sabía que en el fondo se estaba mintiendo. Presa del pánico, apartó los labios de ella en un esfuerzo titánico.

«Joder, joder, joder», pensó. Fue tremendamente doloroso separarse de ella de forma tan brusca.

Embelesado ante aquellos ojos en los que se reflejaba la pasión que se había apoderado de él, Grady tuvo que resistir con todas sus fuerzas para no abalanzarse sobre ella y dejarse arrastrar de nuevo por el deseo y la lujuria.

«¿Qué diablos me pasa?», pensó.

—Dame una semana y tendrás un millón de dólares. —Aquellas palabras brotaron de su boca de forma irreflexiva—. Nada de sexo, pero quiero que te quedes en la casa. Demuéstrame cómo es la Navidad.

Ya no le interesaba esa aventura de una noche a cambio de dinero. No tratándose de Emily. Pero estaba desesperado por atraerla a su mundo y que no se alejara de él.

El corazón de Grady latía desbocado y tenía la respiración entrecortada.

«¡Di que sí!», pensó.

La observó fijamente y vio las arrugas que empezaron a surcarle la frente.

—¿Cómo? —susurró Emily con un hilo de voz muy sugerente que a punto estuvo de hacerle perder el control.

Se encogió de hombros.

—No lo sé. En realidad, nunca he celebrado la Navidad como tal. No como hace la gente normal, vamos. Quiero que me la hagas ver con tus ojos. Celébrala como haces siempre, pero aquí conmigo.

«Oh, sí», pensó Grady. Necesitaba sentirla cerca, todo el tiempo que fuera capaz de retenerla. Su enorme casa cambiaba en presencia de Emily. Hasta él se sentía distinto.

—¿Donarás de verdad el dinero al centro si paso una semana contigo? —le preguntó, como si no estuviera muy segura de haber entendido bien la idea.

—No tienes una relación con nadie más, ¿no? —Grady formuló la pregunta con naturalidad, pero sintió una punzada de dolor en el corazón ante la idea de que pudiera responder afirmativamente. El tipo con el que había salido se había largado con todo el dinero, pero siempre existía la posibilidad de que hubiera empezado a salir con otro.

—No. Solo salía con ese ladrón y, en el fondo, él tampoco me quería —respondió ella con un deje de tristeza. Emily apartó levemente la mirada y la dirigió hacia su pecho.

Grady estaba tan enfadado que le daban ganas de romperle todos los huesos del cuerpo a aquel cretino. Levantó los brazos para acariciarle la espalda y la atrajo hacia él, como si quisiera protegerla del mundo. No le cabía en la cabeza que alguien quisiera echar a Emily de su vida.

—¿Lo han detenido?

—No —respondió ella con desesperación.

—Dime todo lo que sepas de él. Lo encontraré.

—La policía no lo ha localizado. Me han dicho que usaba una identidad falsa.

—Daré con él —le prometió. Tenía tantos contactos que era prácticamente imposible que no pudiera localizar a alguien—. Mientras tanto, te entregaré el dinero y tú me darás tu palabra de que pasarás la Navidad conmigo. ¿Qué hay de tu familia?

—Soy hija única. Mis padres me tuvieron cuando ya eran mayores. No se lo esperaban —respondió sin despegar los labios del pecho de Grady—. Ahora son ancianos y les gusta pasar el invierno en Florida. Este año no puedo ir a verlos.

La tristeza de su voz hizo que Grady se reafirmara aún más en su empeño por hacer de aquella Navidad la mejor que hubiera pasado Emily jamás. ¿Qué importaba que él odiara esas fiestas? Era obvio que a ella le encantaban y ese año estaba sola, como él.

—Pues pasa las fiestas aquí conmigo.

Inclinó la cabeza hacia atrás y lo miró con una expresión de sinceridad.

—¿Por qué yo? ¿Por qué esto?

—Porque es lo que quiero —respondió él, convencido de que era la verdad—. Y porque me has dicho que me darías lo que quisiera.

—¿No me habías prometido que nada de sexo? —preguntó Emily con un deje dubitativo.

—Solo si me lo suplicas —respondió él con arrogancia, aunque empezaba a preguntarse si no sería él quien acabara suplicando. Era una mujer tan dulce que le parecía muy difícil resistirse a la tentación de devorarla entera.

Emily se apartó un poco y Grady vio que ponía los ojos en blanco como reacción instintiva a su bravuconada, lo que le dibujó una sonrisa en los labios.

—Trato hecho. Pero que sepas que voy a poner un árbol de Navidad y todos los adornos que tengo —le advirtió Emily en tono amenazador mientras él la acompañaba a la puerta—. Y el centro celebra una gran fiesta de Navidad que vamos a organizar y a la que voy a asistir. Si quieres, puedes acompañarme. Sería un gesto muy bonito si vas a hacer un donativo tan generoso. Hay que salvar la fiesta anual porque es un acto muy importante, sobre todo para los muchachos.

Genial. Se moría de ganas. Siempre huía de los típicos adornos navideños verdes y rojos como de la peste. Pero si ello le permitía disfrutar de su compañía, estaba dispuesto a llenar hasta el último rincón de la casa de cursiladas, siempre que los lazos rojos y el muérdago incluyeran también a Emily.

La ayudó a ponerse el abrigo, se calzó sus pesadas botas de invierno y agarró el primer abrigo que encontró en el armario antes de salir por la puerta.

—¿Has venido en esa tartana? —preguntó enfadado al ver los neumáticos gastados de su furgoneta—. Parece una trampa mortal.

Había caído una gruesa capa de nieve que iba a convertir el asfalto en una superficie de lo más inestable y resbaladiza.

—Sé conducir en la nieve —replicó ella con terquedad abriendo la puerta del vehículo.

—Necesitas una furgoneta nueva —insistió él. No podía desplazarse en aquel montón de chatarra. Dio un manotazo en la ventanilla y cerró la puerta de la furgoneta con un gesto brusco. Metió la mano en el bolsillo y sacó un juego de llaves—. Llévate la mía. Ha nevado demasiado para que conduzcas con esos neumáticos tan gastados. Ya no se ve el dibujo.

—Aún me aguantarán unos cuantos kilómetros —dijo Emily sin dar el brazo a torcer—. No están tan mal.

Estaba de uñas y Grady comprendió que tal vez era porque no podía permitirse un vehículo mejor.

—¿Es que no te pagan un sueldo?

—Sí, aunque no es gran cosa —admitió con un suspiro—. Pero me gusta mi trabajo.

—O te llevas mi furgoneta o anulo nuestro trato —gruñó y le mostró las llaves delante de la cara.

—No puedo llevármela —protestó enérgicamente.

Él se encogió de hombros.

—Tengo una flota entera de vehículos a mi disposición. —Señaló otra furgoneta enorme que había al otro lado del camino de acceso—. Súbete a ella, venga.

Emily tomó las llaves un poco a regañadientes, pero soltó un grito ahogado al dar un resbalón. Él la agarró en brazos y la llevó hasta la furgoneta.

—Abre la puerta —le ordenó Grady, que no estaba dispuesto a seguir con la discusión. Ella obedeció y ocupó el asiento del conductor—. Conduce con prudencia —le pidió después de enseñarle dónde estaban los principales mandos del vehículo—. No ha nevado mucho, pero el asfalto está resbaladizo. Llámame cuando hayas llegado a casa.

—No tengo tu número —le dijo ella negando con la cabeza.

—Móvil —pidió Grady y tendió la mano.

Emily hurgó en el bolso y se lo entregó.

Grady le guardó su número, se hizo una llamada perdida a sí mismo para tener el de ella y se lo devolvió.

—Problema resuelto. —Se puso la mano en el bolsillo y sacó una tarjeta de visita de la cartera—. Llévate una de estas también.

Quería que tuviera cualquier cosa en la que apareciera su nombre, lo que fuera necesario para que lo recordara y pudiera acceder a su información de contacto en cualquier momento.

—¿Estás seguro…?

—Mañana daré orden de que realicen una transferencia a la cuenta del Centro Juvenil de Amesport. Envíame el número. —No estaba dispuesto a concederle el tiempo necesario para que cambiara de decisión. Qué diablos, si pudiera le enviaría la transferencia en ese preciso instante para que no se echara atrás—. Pareces agotada. Deberías descansar un poco.

Grady advirtió una sombra de preocupación en el rostro de Emily y las ojeras que le cercaban los ojos, y nada de eso le gustó. El deseo de verla feliz se había convertido en algo que rozaba la obsesión, y estaba dispuesto a hacer lo necesario para verla sonreír y acabar con las marcas que la tensión de la situación le estaba dejando en el rostro.

Ella negó con la cabeza, exasperada, y se guardó la tarjeta en el bolso.

—¿Hay alguien que se atreva a llevarte la contraria o a darte calabazas? —preguntó ella con curiosidad.

—No suelo pedir muchas cosas —se limitó a responder. Incapaz de seguir reprimiéndose, se inclinó hacia delante y la besó.

Los labios de Emily desprendían un calor embriagador y Grady sintió el impulso de llevársela a rastras a casa y hacerla entrar a ella en calor hasta que le suplicara piedad. Sin embargo, al final decidió retroceder, apartar la mirada y cerrar la puerta de la furgoneta para que Emily no pasara frío. Su instinto de protección era más intenso que su deseo.

Vio cómo se alejaban los faros por la carretera, consciente de que su vida acababa de dar un vuelco y sin saber qué iba a hacer al respecto.

Grady regresó lentamente a su casa, se quitó las botas y la chaqueta en el recibidor y se dirigió hacia el despacho.

Una vez allí descolgó el teléfono con la esperanza de encontrar a Simon Hudson en casa. Ambos se conocían desde hacía años y habían trabado amistad desde el primer momento. Simon había logrado un gran éxito lanzando una colección de videojuegos que seguían causando sensación, mientras que su socio empresarial y hermano, Sam, había creado una filial especializada en grandes inversiones y capital de riesgo, lo mismo que había hecho Evan para dejar de ser un simple millonario y ascender al rango de multimillonario. Grady y Simon enseguida habían hecho buenas migas porque se parecían mucho. Ambos poseían un don especial para la informática y llevaban un vida recluida. Pero desde que Simon había conocido a Kara, con la que se había casado y que acababa de tener un bebé, no había vuelto a ser el mismo. En el pasado, el único amor de Simon era su ordenador y su deseo de diseñar los mejores videojuegos del mercado. Y había cumplido su objetivo con creces.

Pero ahora solo tenía ojos para su mujer y su hijo. Grady siempre había albergado la esperanza de que su amigo cambiaría cuando se le pasara el efecto de la novedad y que volvería a ser el tipo sensato que era antes de conocer a Kara. Sin embargo no fue así y aunque todavía hablaban de vez en cuando, Grady no atinaba a comprender a qué se debía la obsesión de su amigo con aquella mujer. Hasta ahora.

Cuando descolgó, Grady pulsó el botón de marcación rápida, convencido de que si había alguien capaz de comprender aquella súbita obsesión que se había apoderado de él, esa persona era Simon Hudson.

Grady ignoró el saludo de su amigo y le contó lo ocurrido a bocajarro:

—Me pasa algo grave. Hoy he conocido a una mujer y me siento como si ya no fuera yo mismo. Te prometo que he sentido náuseas, literalmente, cuando se ha ido. ¡Mierda! A lo mejor tengo la gripe. ¿Qué diablos hago ahora?

Grady resopló y se quedó sin aliento.

Simon guardó silencio durante un rato antes de que Grady oyera una carcajada malvada al otro lado de la línea telefónica. El huraño millonario se dejó caer en la silla y apoyó los pies en el escritorio, esperando a que Simon dejara de reírse a carcajadas.

—Cásate con ella —le aconsejó este con su voz más jovial—. No permitas que ponga tu mundo patas arriba, como hice yo. Échatela al hombro y, por mucho que patalee, llévala al juzgado de paz más cercano. Debes acabar con este sufrimiento cuanto antes.

—Pero si acabo de conocerla —respondió Grady, molesto.

—Da igual. Si ya es capaz de volverte loco en este momento, la cosa no irá a mejor. ¿Estarías dispuesto a hacer lo que fuera necesario con tal de verla de nuevo? —preguntó Simon.

—Pagaría un millón de dólares —admitió Grady—. De hecho, me he ofrecido a donar un millón de dólares a la organización benéfica en la que trabaja para poder pasar la Navidad con ella.

Simon lanzó un silbido.

—Pues sí que te gusta la chica, porque tú no soportas la Navidad.

—Lo sé —admitió Grady desconsolado—. Pero estoy desesperado porque no ha querido acostarse conmigo.

—El sexo lo empeora todo, créeme. Luego querrás estar con ella todo el tiempo, cada minuto del día. —Simon vaciló antes de continuar—. ¿Vale la pena?

Grady pensó la respuesta unos segundos y recordó el gesto de vulnerabilidad de Emily y la felicidad que lo había embargado con solo mirarla y notar el roce de su cuerpo con el suyo.

—Creo que sí. O sea, acabo de conocerla, por lo que imagino que no puedo afirmarlo con rotundidad. Pero es alguien capaz de lograr que deje de sentirme solo y de hacerme sonreír. Es... —hizo una pausa antes de añadir—: diferente. No se parece a ninguna de las mujeres que he conocido hasta ahora. Quería un donativo para su organización, pero no me ha pedido nada para ella. Y se ha negado a acostarse conmigo a cambio de dinero. Algo que, en el fondo, me ha hecho feliz. ¿Cómo es posible que me sienta feliz después de algo así? Yo quería llevármela a la cama.

—Quizá porque quieres gustarle —murmuró Simon.

—Solo te caigo bien a ti —replicó Grady con aspereza.

—¿Quién te ha dicho que me caes bien? En ocasiones puedes ser un auténtico cretino —afirmó Simon.

—¿Y tú no? —replicó Grady de manera instintiva, acostumbrado ya a aquellos combates dialécticos con su amigo.

—Yo digo que si puede soportar tu mal carácter, cásate con ella. Yo tardé treinta y tres años en dar con una mujer que pudiera tolerarme —respondió Simon con alegría.

—Solo tengo treinta y uno. Y creo que tu matrimonio es algo más que eso —dijo Grady, que quitó los pies del escritorio y se revolvió en la silla, incómodo. Nunca había hablado mucho con Simon sobre Kara porque nunca había entendido su obsesión con ella.

—Sí. Me quiere y soy un cabrón afortunado —respondió Simon con tono desafiante.

Grady vaciló unos segundos antes de responder un poco a regañadientes:

—¿Desaparece esa sensación con el tiempo? Ya sabes, ese sentimiento loco que se apodera de ti cuando conoces a un mujer especial.

—No —respondió Simon muy serio—. No desaparece. Empeora cuanto más cerca estás de ella. Pero vale la pena si el sentimiento es mutuo porque, entonces, no volverás a sentirte solo, amigo.

Grady sopesó las palabras de Simon, preguntándose cuál debía de ser la sensación exacta a la que se refería. Él tenía una relación estrecha con su hermana y sus hermanos, coincidían a menudo, pero cada uno llevaba su vida. ¿Qué sentirían al saber que no estaba solo y que tenía un vínculo especial con alguien que lo hacía sentir completo? Era un tema en el que no había pensado demasiado. Nunca se había sentido desdichado, pero sí sabía que le faltaba algo. Había un vacío en su interior que no podía llenar ningún artilugio tecnológico de última generación ni sus hermanos. Y, de repente, el hecho de conocer a Emily había exacerbado el dolor de ese vacío.

—Dime lo que sentiste con Kara —le pidió Grady a Simon sin levantar la voz.

Quería saber el proceso por el que había pasado su compañero antes de conocer la felicidad. Simon y él eran buenos amigos, pero por lo general sus temas de conversación se ceñían únicamente a cuestiones informáticas. Grady se había convertido en multimillonario después de crear varios negocios en internet y venderlos a grandes empresas, y solo sabían hablar del trabajo.

«A lo mejor porque es lo único que sé hacer», pensó Grady.

Sin embargo, ahora no estaba pensando en el trabajo y quería hablar con Simon de su vida y de la mujer que lo había cambiado de arriba abajo.

Lo sorprendió que su amigo empezara a hablar sin pensárselo dos veces y que siguiera durante casi una hora. Apenas paró para recuperar el aliento y fue encadenando una historia tras otra. Cuando arrancaba, Simon parecía incapaz de hablar de algo que no fuera Kara y su hija recién nacida.

Cuando colgaron, Grady no sabía si debía sentir pánico o alivio. Estar solo le parecía una opción mucho más fácil y menos complicada que atarse a una mujer como había hecho Simon.

«Pero también es verdad que yo no soy feliz como Simon», pensó.

Cuando levantó la vista y miró el reloj, se dio cuenta del tiempo que hacía que Emily se había ido. Se levantó y miró hacia fuera. El temporal había llegado con toda su fuerza. El viento aullaba y nevaba con tanta fuerza que apenas veía algo un par de metros más allá.

«No me ha llamado», pensó.

De repente su cabeza se llenó de imágenes de Emily herida o tirada en la carretera, encadenando una tragedia tras otra.

Presa del pánico, tomó el teléfono y guardó el número que había quedado grabado en la memoria. A continuación se metió el teléfono en el bolsillo y se puso a andar de un lado a otro del despacho como un león enjaulado, mirando fuera cada diez segundos.

«Llamará. Seguro que ha encontrado tráfico y ya está», pensó.

—¡A la mierda! —susurró Grady para sí cuando llevaba más tiempo esperando de lo que podía soportar. Se sacó el teléfono del bolsillo y marcó el número.

Había aguantado dos minutos, ni más ni menos, desde que había acabado de hablar con Simon antes de llamar a Emily para comprobar que había llegado sana y salva a casa.

—¿Diga? —respondió Emily con la respiración entrecortada.

La preocupación de Grady se transformó en alivio.

—No me has llamado —gruñó sin poder reprimir su enfado—. Se suponía que debías avisarme cuando llegaras a casa.

—Acabo de cruzar la puerta, he tenido que hacer un par de recados —respondió Emily con total naturalidad—. Lo siento. ¿Estabas preocupado?

Debería haberle dicho que no. Podía decirle que había estado liado hasta entonces y que por eso la llamaba. Debería haberse mostrado más despreocupado y no confesarle que se la había imaginado envuelta en un siniestro accidente. Podría haberle dado muchas excusas para justificar la llamada, pero se limitó a responder:

—Sí. Un poco. Ya hacía un buen rato que te habías ido.

Por algún motivo que no alcanzaba a comprender, no quería mentir a Emily.

—Pues ahora ya estoy en casa. —El ruido de la puerta confirmó sus palabras—. Gracias por preocuparte tanto por mi bienestar. Eres muy atento.

Debería decirle que no era tan atento como ella creía, que era un desgraciado egoísta que no soportaba la idea de que estuviera en peligro porque su egoísmo lo llevaba a desearla más que nada en el mundo. Pero no le dijo nada de eso. Lo había encandilado con sus dulces palabras. Simon tenía razón. Grady quería gustar a Emily.

—¿Qué has comprado? —preguntó llevado por la curiosidad al oír de fondo el ruido de las bolsas mientras ella guardaba silencio.

—Cosas de casa. Nada del otro mundo —respondió ella entre risas—. Cosas aburridas que no te parecerán para nada interesantes.

Todo lo que tuviera que ver con ella le parecía interesante. Grady se dejó caer en un sillón y se dio cuenta de que Emily tenía el don de ejercer una inmensa fascinación en él con cualquier detalle. Quería saber qué había comprado, dónde había parado, qué le gustaba. Y, más que nada, quería seguir oyendo esa risa tan deliciosa toda la noche.

—Ya lo creo que me interesa. Cuéntamelo.

En ese momento solo quería oír su voz. Se la ponía dura como una piedra, pero tenía un efecto plácido en él.

Por suerte, no se llevó una decepción. Emily empezó a hablar. Al final le dio la información de la cuenta del centro, pero siguieron charlando después de ello. La inquietud de Grady se fue desvaneciendo lentamente, arrullado por el dulce sonido de su voz.

Capítulo 3

La suma de un millón de dólares se ingresó en la cuenta del Centro Juvenil de Amesport a la mañana siguiente. De hecho, la transferencia se realizó poco después de que llegara al trabajo Emily, que se quedó mirando el saldo de la cuenta del centro aturdida, durante casi quince minutos, antes de desconectarse. Grady había cumplido con su palabra. Había realizado un donativo de un millón de dólares.

El paquete llegó por la tarde, de manos de un adolescente que trabajaba en una floristería de la zona, pero que había aceptado hacer una entrega adicional para uno de los optometristas de Amesport, el doctor Pope. El chico rubio le guiñó un ojo al dárselo y, cuando ella le ofreció una propina, rechazó el gesto de plano y tuvo el descaro de decirle que esa entrega le había permitido embolsarse un buen dinero.

Emily le dio varias vueltas al paquete sin comprender por qué se lo habían enviado, pero llevaba su nombre y el repartidor había recibido instrucciones muy concretas de entregárselo en mano.

Abrió el gran sobre de papel manila y palpó el interior. Extrajo el contenido con sumo cuidado y lo dejó en su escritorio. Había dos cajas y se quedó boquiabierta al abrir la primera, que contenía unas gafas muy finas con una preciosa montura femenina. De hecho, eran las mismas que se había probado en la consulta del doctor Pope, pero al final las había descartado por considerarlas poco prácticas, pero el auténtico motivo por el que no las había comprado era su elevado coste. Eran mucho más elegantes y caras que otro modelo que hubiera podido elegir. «¿Qué diablos?», pensó. Se quitó sus gafas de siempre, se probó las nuevas y de pronto se dio cuenta de que el mundo que la rodeaba cobraba una mayor nitidez. Sus gafas eran muy antiguas y tenían varios rasguños, pero había perdido una lentilla hacía unos meses y se había visto obligada a esperar un poco para ahorrar y comprarse unas nuevas. Entonces abrió la otra caja y no se sorprendió demasiado al ver varios pares de lentes de contacto, convencida de que eran de su graduación. El doctor Pope sabía qué necesitaba. Se había revisado la vista unos meses antes y estaba esperando a reunir el dinero necesario para corregir sus problemas de visión.

Emily alzó la voz para llamar a Randi, que entró corriendo en su despacho con expresión de pánico.

—¿Qué ha pasado? —preguntó sin aliento.

—Tengo gafas nuevas. Y lentes de contacto. No me puedo creer que mis padres hicieran todo esto por mí. Tienen unos ingresos muy escasos. No pueden permitirse algo así.

A Emily se le anegaron los ojos en lágrimas al pensar en sus padres y en todos los sacrificios que habían hecho por ella. No recordaba haberles comentado que había perdido las lentes de contacto. Tenía como norma no decirles las malas noticias. Ya iban haciéndose mayores y, cuando hablaba con ellos, prefería contarles solo las cosas buenas porque sabía que siempre se preocupaban por ella.

Randi se acercó al escritorio y examinó el contenido de los paquetes.

—Hm… Esto… No creo que te lo hayan mandado tus padres —dijo. Tomó una tarjeta con la punta de los dedos y se la dio a Emily.

Era la tarjeta del doctor Pope, pero en el reverso, escrito con una letra muy clara, aparecía el nombre de Grady Sinclair y la palabra «Pagado».

—¿Grady? ¿Por qué? —susurró para sí, deslizando el índice por la tarjeta.

Randi enarcó una ceja y preguntó con curiosidad:

—¿Hay algo que no me hayas contado de tu visita a Grady Sinclair?

Emily le había pedido a Randi que se refiriera a Grady siempre por su nombre de pila. Le había salvado el trasero a cambio de muy poco, tan solo su compañía en Navidad. Y aún no comprendía por qué quería solo eso.

—No. Nos limitamos a hablar. Me obligó a llevarme su furgoneta porque le preocupaba el mal estado de los neumáticos de la mía. Y me fui.

Bueno, había omitido el detallito sin importancia de que Grady la había confundido con una mujer que ofrecía sexo a cambio de dinero. Y tampoco estaba muy dispuesta a mencionar el hecho de que la había besado. Conocía demasiado bien a su amiga y sabía que lo sacaría todo de madre. Había sido un beso… y ya está. No era que Grady Sinclair sintiera ningún tipo de interés por ella.

—Es obvio que le causaste muy buena impresión —afirmó Randi en tono burlón.

—No puedo aceptar las gafas y las lentillas. ¿Por qué lo ha hecho?

Emily sacó las gafas nuevas.

—Pues porque las necesitas. Así que quédatelas. —Randi le quitó las gafas viejas con un gesto muy rápido y se las guardó en el bolsillo—. Y que sepas que puedes darlas por perdidas a menos que las necesites por alguna emergencia. Lo cual… no es el caso en estos momentos.

Randi salió del despacho de Emily entre risas.

—Miranda Tyler, devuélvemelas inmediatamente.

Emily se puso las gafas nuevas y siguió a Randi, pero su amiga se había esfumado con sus cosas como si la estuviera persiguiendo alguien.

—Maldición.

Emily se dejó caer en la silla del despacho. ¿Le dejarían devolver las gafas teniendo en cuenta que se las habían hecho a medida? Lo más probable era que no. Y lo peor de todo era que no tenía el dinero necesario para correr ella misma con el gasto.

«Las ha pagado Grady, así que debo devolverle el dinero. ¿Por qué lo ha hecho?», pensó.

Emily hurgó en el bolso y sacó la tarjeta de Grady, que la había llamado la noche anterior, muy disgustado por que no lo hubiera hecho ella para tranquilizarlo y avisarlo de que ya había llegado a casa. Había parado en el supermercado y justo estaba entrando en su apartamento cuando le sonó el teléfono. Le había dado el número de cuenta bancaria del centro a Grady y luego charlaron de temas triviales durante dos horas. A él se le daba bien escuchar y le pidió que le hablara de sus padres y de cómo había sido su infancia y juventud en Amesport. También le hizo muchas preguntas sobre los programas que organizaba el centro. Emily se sorprendió al descubrir que mostraba un interés muy sincero sobre el impacto de los programas en la comunidad. Grady Sinclair era un hombre franco, directo y, bueno, podía resultar un poco intimidante y brusco, pero la cuestión era que… le gustaba. Su imagen pública no se ajustaba en nada a la realidad, de modo que, en cierto sentido, Grady era un «impostor». Bajo aquella fachada tan áspera se ocultaba un hombre con un buen corazón. Emily estaba casi segura de ello. Grady no tenía ninguna necesidad de recurrir a un encanto falso y artificioso, lo cual lo hacía aún más atractivo. Era muy masculino, siempre, y Emily se sentía irremediablemente atraída por alguien así.

Negó con la cabeza para dejar a un lado aquellos pensamientos tan absurdos, dejó su tarjeta de visita en la mesa y abrió el correo electrónico.

Estimado señor Sinclair:

Deseo agradecerle su generoso donativo al Centro Juvenil de Amesport.

Asimismo, le confirmo que también he recibido su paquete. Confío en que aceptará que le devuelva el importe que ha desembolsado. Aunque tenía pensado comprarle ciertos productos al doctor Pope, no iba a hacerlo hasta más adelante. Se trata de un gasto inesperado al que no puedo hacer frente en estos momentos. ¿Le importaría que se lo devolviera mensualmente?

Atentamente,

Emily Ashworth

La respuesta de Grady no se hizo esperar.

Emily:

Tenías las gafas llenas de arañazos y las necesitas. Yo también llevaba gafas cuando era joven y sé perfectamente que resulta muy molesto ver el

mundo a través de esas marcas. Como intentes devolverme el dinero, me las arreglaré para recuperar
el donativo que he hecho al centro. Ah, y no conozco a ningún señor Sinclair.

G.

Emily sabía que en otras circunstancias se habría enfadado,
pero en este caso estalló en carcajadas al leer su respuesta. Grady
ignoraba el significado de la palabra «cortesía», siempre iba directo
al grano. Y Emily respondió de inmediato.

Señor Sinclair:

Ya hemos debatido las condiciones de nuestro
trato y esto no formaba parte del acuerdo verbal.
¿Aceptará el pago a plazos o no?

Atentamente,

Emily Ashworth

La respuesta de Grady llegó al cabo de unos segundos.

Emily:

No, no pienso aceptarlos. Nuestro acuerdo no era
firme y aún es negociable. Recuerdo perfectamen-

te que te comprometiste a hacer cuanto estuviera en tu mano para ofrecerme lo que deseaba, una afirmación bastante amplia y algo ambigua. Yo quería regalarte las gafas y las lentes. Fin del debate. Ah, y también quiero que me llames Grady o te haré pagar por haber ignorado mi petición.

G.

Emily tardó varios minutos en recuperar la serenidad, sorprendida y divertida a partes iguales ante aquella respuesta tan inocente. Sin embargo, al final no pudo evitar responder:

Grady:

¿Cómo me lo harás pagar si te llamo señor Sinclair?

Emily

Esta vez la respuesta fue inmediata.

Emily:

Ponme a prueba y lo averiguarás.

G.

La tentación se apoderó de Emily. Grady la estaba presionando y ella quería entrar al trapo. Pero acceder a ese intercambio de golpes con él podía ser peligroso para su bienestar físico y mental. Grady la fascinaba y desconcertaba a partes iguales.

Se moría de ganas por responderle, pero al final siempre acababa borrando el mensaje y cerraba la página, con la firme determinación de ignorar la atracción que sentía por él. No estaba acostumbrada a que un hombre se tomara tantas molestias por ella y el regalo de Grady la incomodaba un poco. Era demasiado considerado, demasiado revelador. El simple hecho de que se hubiera fijado en un detalle tan nimio como el de las gafas la desconcertaba. Tenía veintiocho años y no era virgen. Había tenido novio en la universidad y otro después de graduarse, pero ninguno de los dos se parecía en nada a Grady Sinclair.

Emily lanzó un suspiro, se quitó las gafas y se puso las lentillas. Era un alivio ver bien de nuevo. La graduación era perfecta. No esperaba menos de alguien como Grady.

Guardó las gafas en el bolso con cuidado e intentó acabar todo el papeleo pendiente, pero fue incapaz de concentrarse el resto de la tarde porque no dejaba de pensar en lo que podía hacer Grady para castigarla. Lo más probable era que le encantara.

***

—Quiero que me devuelvas mi furgoneta —le dijo Emily a Grady enfadada y dio un fuerte pisotón en el suelo.

A Grady aquella reacción le pareció la típica rabieta femenina, pero no estaba completamente seguro de ello. La mayoría de las mujeres sabía que él hacía lo que le parecía mejor y nunca discutían.

Emily acababa de llegar, cargando con su maleta y varias cajas de adornos navideños de color rojo y verde. Llevaba un jersey navideño que no debería excitarlo, pero que, por algún extraño motivo, le había provocado una erección inmediata. Parecía la viva imagen de la Navidad, desde sus pendientes de campanas hasta los calcetines con motivos navideños que podía ver sin problemas, ya que se había descalzado en la puerta. Grady decidió de inmediato que ahora ya había una cosa que le gustaba de la Navidad: Emily. A pesar de que lo estaba fulminando con la mirada, estaba preciosa vestida de esa manera.

En las últimas dos semanas, a Grady lo había embargado la sensación de que estaba a punto de perder la cabeza. Su único contacto con Emily había sido una breve conversación telefónica sobre cuándo llegaría a su casa y que no colmó su deseo de estar cerca de ella. Había esperado la llegada de este día en lo que le pareció una eternidad y ahora ella estaba muy enfadada. Aun así él se negó a dar su brazo a torcer y, a decir verdad, el mal carácter de Emily le pareció de lo más adorable y sexy.

—No. Ya te he transferido la titularidad de la furgoneta. —Le dio la documentación del vehículo, pero ella se la quedó mirando como si fuera una serpiente a punto de morderle—. La tuya no era segura y ya hace dos semanas que utilizas esta. Si no te gusta, te conseguiré otra.

—Claro que me gusta. Es grande y tiene todos los complementos. Dios, si hasta tiene asientos calefactables para que no se me enfríe el trasero. Pero esa no es la cuestión. La cuestión es que no me pertenece. Solo la he usado porque no tenía la mía y me dijiste que volveríamos a cambiarlas cuando viniera aquí a pasar la Navidad.

—Te mentí —admitió, sin sentir ni una pizca de culpa. No pensaba devolverle un vehículo que no era seguro. Emily tenía las manos apoyadas en sus caderas torneadas y no podía apartar los ojos del documento que Grady le estaba ofreciendo, pero se negó a aceptarlo—. Tómalo. Es una de las cosas que quiero —dijo, agitando el papel delante de su cara.

—Exijo la devolución de mi furgoneta. ¿Dónde está? —Decidió ignorar la documentación que él agitaba y lo miró fijamente a los ojos.

Grady pensó que tal vez no era el mejor momento para decirle que su furgoneta se había convertido en un montón de chatarra en el desguace de otra ciudad.

—No es posible. No era un vehículo seguro.

—Claro que lo que era. Solo necesitaba neumáticos nuevos. Devuélvemela.

Grady esbozó una sonrisa de satisfacción.

—¿O qué? ¿Me denunciarás por haberte dado una furgoneta más buena?

—Me robaste la mía —lo acusó y le dio un manotazo para apartar la documentación del nuevo vehículo.

—Convertí un montón de chatarra en una furgoneta nueva. Apenas tiene trescientos kilómetros —adujo.

—¿Por qué me haces esto? —preguntó ella, con una mirada confusa y vulnerable.

¡Oh, Dios! Aunque disfrutaba de lo lindo viéndola tan desatada y fuera de sí, no quería que se disgustara. La triste mirada de aquellos ojos azules fue como un puñetazo en el estómago que lo dejó sin aliento, así que decidió guardarse la documentación de la furgoneta en el bolsillo trasero de sus pantalones y la tomó en volandas.

Grady se sentó en el sofá de piel sin soltar a Emily, que acabó en su regazo.

—¿Qué he hecho mal? Creía que te gustaría tener un vehículo nuevo. El tuyo era muy viejo —gruñó, observando su rostro angelical mientras ella lo miraba e intentaba salir de su regazo—. No te muevas —le exigió él, agarrándola con fuerza pero sin llegar a hacerle daño. Sentir su firme trasero retorciéndose contra su entrepierna era una auténtica tortura, pero valía la pena para disfrutar de la sensación cálida que le producía el roce de su cuerpo—. No quiero que se te enfríe el trasero —le dijo como quien no quiere la cosa—. Creía que te gustaría.

Emily dejó de moverse y volvió la cabeza para mirar a Grady. Al cabo de unos segundos, estalló en unas carcajadas incontrolables. Todo su cuerpo temblaba y se le escaparon unas cuantas lágrimas de la risa.

—Que sepas que aún quiero que me devuelvas la furgoneta, pero te juro que hasta ahora nadie se había ofrecido a ser mi calentador de trasero —dijo mientras intentaba recuperar el aliento.

—No podré recuperar tu furgoneta. Tendrás que quedarte con la nueva —respondió Grady, que sabía que aunque pudiera recuperarla no lo habría hecho. No pensaba permitir que Emily fuera conduciendo por ahí con aquel montón de chatarra en el invierno de Maine—. La mayoría de la gente a la que conozco estaría encantada de tener un vehículo más fiable. —Francamente, no entendía su ira—. ¿Por qué no puedes aceptarlo como un regalo de Navidad, sin más? Fuiste tú quien me dijo que la Navidad consistía en ser generoso. Y no pareces muy contenta de haber recibido un regalo.

—Porque es demasiado —respondió ella con gesto circunspecto, aunque su mirada azul y gélida empezó a derretirse cuando deslizó la mano por la barba de dos días de Grady—. Te lo agradezco, pero no puedo aceptar un regalo tan caro.

Él se encogió de hombros.

—Para mí no es caro. ¿No crees que el coste de un regalo debería ser proporcional a lo que puede permitirse cada uno? Dispongo de toda una flota de vehículos. Es más, tengo otra furgoneta solo para mí. No echaré en falta la que te di.

Era la verdad. En cuanto le ofreció la suya a Emily, Grady fue y se compró otra para sustituirla.

Emily lanzó un suspiro sin dejar de mirarlo fijamente.

—Vivimos en dos mundos distintos. Yo no concibo tener tanto dinero. Tengo que controlar hasta el último centavo que gasto.

—Yo no. Extiendo un cheque y nunca me falta dinero. Acéptalo, por favor. Me quedaré mucho más tranquilo si sé que estarás más segura cuando haga mal tiempo. Por favor —suplicó Grady, con la esperanza de que accediera.

—¿Tengo elección?

—La verdad es que no. Creo que ese montón de chatarra que conducías antes ya se habrá convertido en un montón de chatarra en sentido literal.

Emily lanzó un suspiro con resignación.

—Dame algo de tiempo para pensarlo, ¿vale? No me hace mucha gracia que tomaras una decisión sin consultarme primero.

Grady se encogió de hombros.

—Habrías dicho que no y yo no habría podido aceptarlo. Ha sido más fácil así.

Más le valía irse acostumbrando a ello. Grady estaba dispuesto a hacer lo que fuera necesario para proteger lo que era suyo, y en lo que a él respectaba, Emily ya era suya. Sabía, sin embargo, que él también era suyo. Tanto si estaba dispuesta a admitirlo como si no.

Emily bajó la mano y la apoyó en el regazo. Grady vio las lágrimas que empezaron a correrle por su precioso rostro.

«¡Mierda!», pensó.

—No sé cómo asimilar todo esto —confesó ella, destrozada.

—¿Qué? —preguntó Grady confundido.

—Que no lo entiendo. No sé por qué lo haces. Estoy acostumbrada a solucionar yo sola mis problemas. Hasta ahora nadie se había preocupado por la seguridad del vehículo que conducía o por los arañazos de los cristales de mis gafas. Y, desde luego, nunca había tenido a mi lado a un hombre capaz de donar un millón de dólares para pasar la Navidad conmigo, un gesto que me ha salvado el cuello y quizá el trabajo después de que otro hombre se aprovechara de mí para robarme. —Emily respiró hondo y añadió—: No logro entender cuáles son los motivos que te han llevado a hacer todo eso y me estoy volviendo loca. Yo soy una mujer normal. No soy una de esas chicas despampanantes que harían perder el mundo de vista a cualquier hombre. No merezco nada de esto, por eso no entiendo todo lo que has hecho por mí.

Grady había intentado ser paciente, pero perdió los estribos en cuanto Emily acabó de hablar.

Capítulo 4

Emily estaba de espaldas en el sofá. Grady la había agarrado antes de que ella pudiera reaccionar. Sobresaltada, observó fijamente la expresión de su rostro, algo inquieta. Había cambiado de postura tan rápido que aún se sentía algo mareada.

—Solo es dinero. Y no vuelvas a decir que no mereces lo que te ha pasado o que no eres bonita —gruñó hecho una furia—. A mí nunca me ha faltado el dinero y ahora tengo más del que podría gastar en cien vidas. Me importa una mierda la riqueza porque sé que no es una garantía de felicidad. Los ricos pueden ser unos auténticos desgraciados. Creo que, para variar, no me vendría nada mal disfrutar de una Navidad distinta. Y opino que mereces todo lo que quiera darte y mucho más.

Emily se lo quedó mirando boquiabierta. Sus palabras le habían llegado con tal intensidad al corazón, que la embargó una profunda tristeza. Porque en ese momento se dio cuenta de que el hombre que tenía ante sí no era feliz, y seguramente nunca lo había sido. El hecho de que odiara la Navidad debería haberle servido de advertencia, pero se había centrado demasiado en preguntarse por qué se comportaba de aquel modo como para ver que, en el fondo, lo estaba pasando mal. Grady Sinclair tenía unas heridas invisibles, pero muy dolorosas. Emily estaba tan absorta en sus problemas de dinero que no comprendió que el comportamiento de Grady trascendía el aspecto crematístico. De hecho, ahora le creía. El dinero no significaba nada para él.

—No tienes que darme nada a cambio de pasar la Navidad conmigo, Grady. Quiero estar contigo —le aseguró, plenamente convencida—. No era necesario que me dieras una cantidad tan grande para el centro y no necesito una furgoneta cara. Este año también iba a pasar las fiestas sola —susurró.

—Ya no —replicó él apasionadamente—. Me tienes a mí.

Emily suspiró y notó cómo se relajaba todo su cuerpo. Podría haber replicado que a duras penas se conocían, que lo único que los unía era un beso, espectacular, pero solo un beso al fin y al cabo, y una larga conversación telefónica. Sin embargo, lo cierto era que ella había sentido que existía un vínculo especial entre ambos desde el momento en que, en aquella postura tan poco favorecedora, levantó la mirada y lo vio en el porche delantero de la casa. No obstante, era una mujer práctica y tenía miedo de que su relación con Grady Sinclair acabara desembocando en un desengaño amoroso.

—¿De verdad creías que era una prostituta? ¿Sueles tener... trato... con esas mujeres?

—No. Pero Jared, mi hermano pequeño, está convencido de que cuando llevo mucho tiempo en dique seco me vuelvo irritable —afirmó, mirándola fijamente con una expresión muy intensa.

—¿Y es cierto? —preguntó Emily con curiosidad. Intentó moverse para huir de la prisión en la que se encontraba, o para al menos mover los brazos.

—No estoy más irritable de lo que es habitual en mí, pero ello no impide que mi hermano siga intentándolo de vez en cuando.

Al final Emily logró apartar los brazos y se los echó al cuello. Lo único que deseaba en ese instante era aliviar el tormento que se reflejaba en sus ojos.

—¿Dónde está tu familia?

A Grady se le ensombreció el rostro.

—A ninguno de nosotros nos gustan especialmente estas fiestas. Mi padre era un borracho y mi familia lo pasaba mal en estos días. Evan tiene la suerte de estar de viaje de negocios en el extranjero, en un país donde no se celebra la Navidad, y mis otros hermanos también trabajan. Mi hermana se encuentra en Aspen, con su último novio, un auténtico inútil. Y no podemos convencerla de que lo deje a pesar de que sabemos que solo está con ella por su dinero.

—Entonces supongo que no te queda más remedio que pasar las fiestas conmigo —le dijo Emily con un deje de alegría, acariciándole el suave vello de la nuca. Ese hombre merecía llevar una vida más feliz y ella estaba determinada a ofrecérsela.

—Quiero que te quedes la furgoneta —insistió Grady.

—Voy a poner un árbol de Navidad —le advirtió ella—. Y voy a hacer galletas. Y tendrás que escuchar villancicos durante toda la semana.

Grady sintió un leve escalofrío, pero al final dijo:

—No me importa. Estoy dispuesto a negociar siempre que te quedes aquí y aceptes la furgoneta.

Se inclinó hacia delante y apoyó la frente en la de Emily.

Toda ella ardía de deseo. Era un deseo que iba mucho más allá de lo físico. Grady sostenía gran parte de su peso con los brazos, pero su cuerpo musculoso estaba pegado al suyo, desde las rodillas hasta el pecho, y sentía la potente erección de su entrepierna, que amenazaba con romperle los pantalones de un momento a otro. El calor que desprendía y el aroma de su excitación eran embriagadores. Lo único que deseaba Emily era fundirse con él…

Bong. Bong. Bong. Bong. Bong. Bong.

El enorme reloj de pared marcó las seis y arrancó a Emily del estado de ensoñación, alejando los pensamientos lujuriosos que la embargaban.

—Oh, mierda… ¡La fiesta!

Estaba tan distraída que se había olvidado por completo de que debía asistir a la fiesta del centro. Se puso en marcha de inmediato porque ya llegaba tarde.

Grady se incorporó, pero no parecía muy dispuesto a moverse.

—¿De qué fiesta hablas?

Emily se levantó del sofá.

—La fiesta de Navidad del centro se celebra esta noche. Ya te dije que debía asistir a la celebración anual.

—No irás a dejarme ya, ¿verdad? —gruñó Grady, que también se levantó.

—Claro que no —respondió ella emocionada—. Porque vas a acompañarme.

—Odio las fiestas —replicó él con un gesto de reticencia.

—Esta no podrás odiarla —le prometió ella. Lo agarró de la mano y lo arrastró hacia la puerta—. Asiste casi todo el pueblo.

—No voy vestido para ir a una fiesta —insistió.

Emily examinó sus pantalones y el jersey de punto, que parecía de cachemir. Estaba para comérselo y ella deseó al instante devorarlo por entero.

—Es un acto informal. Y estás guapísimo.

Grady le lanzó una sonrisa malvada que despertó sus más bajas pasiones.

Grady Sinclair era una tentación impura, llevara lo que llevara, y Emily tuvo que apartar los ojos para que pudieran llegar al menos a la puerta.

***

Grady asistió a la fiesta, incapaz de no seguir a Emily, sin importarle dónde quisiera llevarlo. Aquella mujer era como una flautista de Hamelín que lo manejaba a su antojo gracias a la influencia que tenía para despertar su entrepierna y ponérsela dura como una piedra. Pero en cuanto llegaron al Centro Juvenil de Amesport, Emily tuvo que separarse de él para hacer su trabajo, por lo que Grady decidió dirigirse al patio. Los invitados ya habían empezado a llegar y a llenar la sala del centro. Se arrepintió de haber dejado la chaqueta de cuero en el guardarropa de la entrada y se puso a andar de un lado al otro para entrar en calor, recordándose que ya no era un niño.

«Puedo hacerlo. Tengo que hacerlo. Si estar cerca de Emily significa que he de imponerme a mis miedos, lo haré».

Grady se dirigió a grandes zancadas hacia las puertas de cristal del patio por las que había salido unos minutos antes y entró en la sala, pero se detuvo bruscamente. El impacto de la música y el alboroto de la fiesta hizo que se le formara un nudo en el estómago.

Vio a Emily en el otro extremo, ayudando a Papá Noel a repartir los regalos a la multitud de niños congregados en torno a un árbol enorme. Algunos de los adultos bailaban en el parqué al son de un almibarado villancico que retronaba en los altavoces que había junto a la pista de baile. Grady sospechaba que ese enorme espacio debía de ser una pista de baloncesto o polideportiva que utilizaban los niños cuando no organizaban una fiesta de Navidad. A decir verdad, no tuvo tiempo de prestar demasiada atención al local porque lo embargó una sensación de mareo y náusea, el suelo empezó a moverse, se le nubló la vista y se puso a sudar de los nervios.

«¡Mierda! Ahora no. No puede pasarme ahora», pensó.

Grady se agarró al marco de la puerta para no caerse, maldiciéndose por su propia debilidad.

—¿Grady? ¿Estás bien? ¿Te pasa algo? —Emily se había acercado y se encontraba justo ante él.

—Odio estas fiestas —le recordó con voz grave y débil.

Emily le acarició la cara con ambas manos y lo obligó a mirarla. Él observó sus preciosos ojos azules y por un momento le pareció que volvía a ver bien.

—Mírame —le pidió Emily muy seria—. Solo a mí. No apartes la mirada.

Su precioso rostro, que reflejaba preocupación y compasión a partes iguales, le permitió verlo todo con claridad. Y Grady se mostró incapaz de desviar su ávida mirada de ella. De repente, el resto del mundo desapareció y solo existía Emily.

Ella empezó a andar de espaldas, lo tomó de las manos y lo acompañó a la sala sin apartar los ojos de él en ningún momento. Grady ni siquiera se dio cuenta de que se estaban moviendo hasta que se detuvieron junto a la pista de baile.

—Necesito que bailes conmigo, Grady. Necesito que me toques. ¿Podrás hacerlo? —preguntó con una voz sensual y lujuriosa, como si estuviera invitándolo a hacer el amor con ella.

«Me necesita», pensó él.

Lo único que tuvo que hacer Emily fue decir que lo necesitaba y él le dedicó toda su atención. Si ella necesitaba algo, él iba a proporcionárselo. La rodeó con sus fuertes brazos y lanzó un suspiro masculino. Su cuerpo se relajó al sentir el cuerpo cálido y curvilíneo en contacto con el suyo. De pronto el mundo era maravilloso. Cerró los ojos, inspiró su aroma y su melena de seda le acarició la mejilla. Cuando notó el aliento cálido de Emily en el cuello, se estremeció.

—Emily —murmuró, embriagado por la esencia de aquella mujer que lo estaba abrazando, acariciándole la espalda y la nuca. No había sensación más agradable que tener a aquella mujer en brazos. La música navideña sonaba aún más fuerte ahí dentro, pero daba igual. Poco le importaba toda aquella gente a la que no conocía, ni lo que pudieran pensar. Para él solo existía Emily y el acoplamiento perfecto de sus cuerpos.

Ella no le preguntó por qué se encontraba mal; se limitó a abrazarlo, a fundirse con él en un único ser como si llevaran toda la vida haciéndolo, y Grady paladeó el momento. Se movió al ritmo de la música de forma automática y Emily lo siguió, ambos perdidos en su propio mundo.

Las canciones cambiaron, pero ellos siguieron bailando. Al cabo de unos instantes Emily ladeó la cabeza y le susurró al oído.

—¿Te encuentras mejor?

Grady abrió los ojos y miró a su alrededor. Algunos de los presentes lo miraban con curiosidad, pero en general la gente se dedicaba a disfrutar de la fiesta. Los niños gritaban de alegría al abrir los regalos y se los mostraban unos a otros. Y los adultos reían de dicha, hablaban, formaban corrillos en torno a las mesas de comida. Era como si... pudiera verlo todo como adulto y hubiera entendido que todo aquello solo era... una fiesta. Una reunión de gente que se lo estaba pasando en grande en compañía de otras personas que les caían bien. No se veía ni un vestido de gala, ni un esmoquin en toda la sala, y esa gente no era la misma que lo había humillado en el pasado.

—Sí —respondió con voz áspera—. Sí, me encuentro mejor.

—¿Cómo no iba a sentirse de fábula si tenía en brazos a la mujer más preciosa de toda la sala? Una mujer muy cálida y dulce a la que solo quería devorar—. Gracias —añadió con un hilo de voz.

Ella inclinó la cabeza hacia atrás para mirarlo y lanzarle una sonrisa malvada.

—No tienes que darme las gracias por nada. Yo solo quería bailar con el invitado más guapo.

Grady sonrió.

—¿Y crees que ese soy yo?

—Para mí, sí. —Le guiñó un ojo y sonrió.

Desde el momento en que la había abrazado, su entrepierna había reaccionado con una erección portentosa que habría podido partir un diamante. Incapaz de crecer más dadas las limitaciones que imponía la ropa, parecía tener vida propia y Grady empezaba a sentirse tan incómodo que de vez en cuando emitía algún gruñido.

Lo único que deseaba en ese momento era metérsela hasta el fondo y quedarse así para siempre. Deslizó las manos hasta la parte inferior de su espalda y la atrajo hacia él.

—Te deseo tanto, que me falta el aliento —admitió sin importarle que pudieran oírlo los demás.

La expresión de Emily se transformó en una de excitación y devoró a Grady con una mirada de deseo desenfrenado.

—Bésame —le exigió con la respiración entrecortada.

—Tengo miedo —replicó Grady, atrapado por su hechizo.

—¿De qué?

—De que no pueda parar.

Grady notó que se estremecía y empezó a perder el control de la situación. Inclinó la cabeza y la besó para entregarse a la tentación que le ofrecían sus labios. Quería hacerla suya y no separarse jamás de ella.

«¡Mía!».

El beso fue toda una declaración de intenciones para que Emily supiera que no estaba dispuesto a renunciar a ella de ninguna de las maneras. Dejaron de fingir que querían seguir bailando y Grady le acarició el pelo con una mano para asaltar y conquistar sus labios. Entonces la atrajo hacia sí con la otra mano, y se entregaron a una danza guiada por la pasión y el deseo que poco tenía que ver con las fiestas navideñas.

Grady pidió y Emily concedió, entregándose a su abrazo posesivo, un gesto que le hizo perder el mundo de vista.

«Es mía», pensó él.

La necesidad de Grady nacía de lo más primitivo de su ser, era una reacción arrebatadora, alimentada por la sumisión y la entrega apasionada de Emily. Ella se aferró a él como si fuera su salvavidas en mitad del océano y él se deleitó con la sensación. Lo único que quería era protegerla de todo aquello que pudiera hacerle daño, hacerla sonreír cada día durante el resto de sus vidas.

Se separaron entre jadeos, mirándose fijamente como si el único pensamiento que ocupara su mente en esos momentos fuera arrancarle la ropa al otro para eliminar cualquier barrera que los separara. Grady lanzó un gruñido al pensar en la posibilidad de sentir el roce de su piel desnuda y suave.

«La necesito con desesperación», pensó.

Emily y él estaban en las sombras, pero podía ver con el rabillo del ojo a la gente que los observaba con grandes sonrisas, y oyó también algunos de los aullidos de aprobación del espectáculo que acababan de ofrecer. Pero no le importaba. Su instinto animal quería que ella se embriagara con su aroma y lanzar una advertencia a los demás hombres de la sala para que supieran que era suya.

—Supongo que la gente ya no cree que soy la Bestia de Amesport —dijo con voz gutural, intentando recuperar la respiración.

Emily lo miró asombrada.

—¿Sabías que la gente te llamaba así?

—Claro que sí —respondió con voz áspera—. He cultivado esa imagen con mi personalidad encantadora. Me daba igual cómo me llamaran, siempre que me dejaran en paz.

Emily le dio un manotazo en el bíceps.

—En las últimas semanas he hecho todo lo que podía para limpiar tu reputación. Todo el pueblo sabe que has donado el dinero para mejorar el programa y que gracias a ti hemos podido organizar esta fiesta. Creo que te colgaron un sambenito muy injusto. Eras mi héroe.

A Grady le gustó esa idea e hizo una mueca al oír que Emily usaba el verbo en pasado. Quería ser su héroe siempre, pero se encogió de hombros.

—No soy un tipo… muy social que digamos. Soy un auténtico cretino; bastó con que me mostrara tal y como soy.

Emily lanzó un suspiro y respiró hondo para responder, pero no llegó a pronunciar ni una palabra. Su rostro se transformó en un gesto de terror cuando la sala se llenó de gritos y la gente empezó a correr.

—¿Paul? —balbuceó Emily, intentando apartarse de los brazos de Grady—. ¿Qué haces?

Grady vio a un hombre que se encontraba a unos tres metros de ellos, apuntando a la cabeza a Emily con una pistola. Le temblaban los brazos y el arma estaba ligeramente inclinada. Su mirada fría y desquiciada que no se apartaba de Emily le proporcionó varios datos a simple vista: estaba borracho o drogado, desesperado, y no le importaba morir.

«¡Mierda, no!», pensó Grady. Acababa de encontrar a Emily y no estaba dispuesto a perderla. Ese cabrón no merecía nada. Grady se situó ante su amada de inmediato para protegerla. Notó que ella intentaba resistirse, pero no pudo hacer nada frente a la fuerza y la adrenalina que fluían por sus venas. Si aquel desgraciado quería llegar hasta Emily tendría que pasar por encima de él.

—¿Es tu nuevo novio, Emily? —preguntó el hombre armado, que se acercó unos cuantos pasos apuntando a Grady con la pistola—. Grady Sinclair, el genio multimillonario. ¿Sabías que me han estado persiguiendo durante las últimas dos semanas por su culpa? Allí donde iba, en todos y cada uno de mis escondites habituales, mis amigos me decían que Grady Sinclair ya había enviado a sus agentes de seguridad privada para dar conmigo. He tenido que ocultarme como un conejo, en las madrigueras más inmundas que puedas imaginar, porque no podía quedarme en mis guaridas habituales. La policía nunca me habría encontrado sin la ayuda de tu novio. Puso investigadores privados por todas partes y transmitían toda la información a la policía. Ya no tengo donde esconderme. Dentro de unos minutos los agentes rodearán el centro, pero no pienso ir a la cárcel por mucho que me sigan sus secuaces o la policía. Antes muerto. Pero tu novio y tú os vendréis conmigo —dijo Paul con un deje desesperado y arrastrando las palabras—. La policía no me habría encontrado sin su dinero y el poder que tiene para echarme encima a ese ejército de gente.

—No lo hagas, Paul. No es necesario que dispares a nadie —gritó Emily, presa del pánico—. Podemos salir de aquí si lo hacemos ahora. Me ofrezco a que me lleves de rehén para que puedas huir, siempre que no dispares a nadie.

Grady apretó los dientes y la mandíbula e intentó protegerla aún más con su cuerpo, sin apartar en ningún momento la mirada de los ojos apagados y muertos del criminal que tenía al lado. Rodeó la cintura de Emily con un brazo que parecía una abrazadera de acero.

—Por encima de mi cadáver —gruñó en voz baja para que solo pudiera oírlo ella.

Si aquel cabrón se la llevaba, la mataría. Grady sabía por la expresión de su rostro que ese tipo estaba decidido a morir y que no tendría ningún reparo en acabar con él, con Emily y con todo aquel que se interpusiera en su camino. De hecho, eso era lo que quería. Era obvio que había perdido el juicio. La pistola que blandía era una Beretta semiautomática y Grady se estremeció al recordar el gran número de niños que había en el edificio. Por suerte, la gente estaba huyendo por la puerta principal para salvar a los más pequeños.

—Prepárate para correr con todas tus fuerzas y no mires atrás —le ordenó Grady a Emily con un susurro.

Lo único que deseaba en ese momento era que todo el mundo se diera prisa y huyera de una maldita vez por todas. Pero no todo el mundo se marchaba. Aunque las mujeres y los niños estaban saliendo del edificio, para ponerse a salvo, algunos hombres se habían quedado como refuerzo y se habían puesto a cubierto.

—Cerrad las puertas. Que no salga nadie —gritó Paul con voz muy aguda.

«Fuera, fuera, fuera», pensó Grady al ver que las últimas mujeres y niños se iban y cerraban la puerta de golpe.

Entonces se hizo el silencio.

Lo único que Grady oía era el martilleo del corazón y el pulso en los oídos, preso de una ira que apenas podía controlar ante el hecho de que Emily siguiera en peligro. Entornó los ojos al ver que Paul intentaba acercarse más a ellos. Ya estaba a solo metro y medio de su mujer. Observó atentamente el dedo del demente, que temblaba sobre el gatillo, cada vez más nervioso por el ruido de las sirenas. Grady, por su parte, se dejó guiar por su instinto, que le dijo que había llegado el momento de actuar.

—¡Corre! —ordenó, protegiendo a Emily con todo su cuerpo, y se abalanzó sobre Paul.

La pistola se disparó una vez mientras Grady intentaba derribar a aquel imbécil, pero ambos hombres cayeron. El multimillonario procuró calmarse pensando que Emily ya debía de haber huido y por fin pudo dar rienda suelta a la ira que había contenido hasta entonces: le arrancó el arma de las manos al atacante y la alejó con fuerza hacia uno de los hombres que se habían quedado para ayudarlo. Estaba furioso y no podía apartar la mirada del hombre que le había hecho daño a su mujer y la había puesto en peligro.

—No volverás a hacerle daño nunca más —gruñó y le golpeó la cabeza contra el suelo de madera.

¡Crac!

El ruido del impacto del cráneo de aquel desgraciado contra el suelo fue tan satisfactorio que Grady no sintió los puñetazos que Paul le estaba dando. No quería parar hasta que la amenaza que había puesto en peligro la vida de Emily hubiera desaparecido y aquel desequilibrado hubiera muerto.

De repente varios agentes de policía uniformados se interpusieron entre ambos. Dos de ellos agarraron a Grady y otros dos se llevaron a Paul, muy maltrecho, para esposarlo.

—Tranquilo. Ahora nos encargamos nosotros —le dijo uno de los agentes, que intentaba que Grady se tumbara en el suelo—. Te ha disparado.

El policía empezó a aplicarle presión en el costado con gesto sombrío. Grady intentó levantar la cabeza y vio sangre. Mucha sangre. Ojalá fuera del desgraciado que se estaba llevando a rastras la policía, pero sabía que no era así. Era suya y ahora que empezaba a volver en sí y a recuperar el control sobre sí mismo, sintió la punzada de dolor de la herida.

—Oh, Dios. —Grady oyó el grito de Emily, que se arrodilló junto a él y le entregó al policía el arma que había tomado cuando él la tiró al suelo—. ¡Grady! ¡Dime algo, amor!

—Te dije que huyeras. ¿Es que no me oíste? ¿Estás herida?

—No. No podía abandonarte. Quería dispararle, pero tenía miedo de darte a ti —respondió con voz trémula y asustada. Un tono que reavivó las ganas de Grady de darle otra paliza a Paul.

Si Grady no se hubiera enfadado tanto con ella por no haberle hecho caso, le habría llegado al alma la reacción de Emily, que estaba tan preocupada por él que prefería poner en peligro su vida antes que huir.

—¿Te importaría escucharme cuando intento salvarte la vida? Qué tozuda eres —gruñó y sintió una nueva punzada de dolor cuando el policía ejerció más presión de la necesaria en la herida.

Emily le tomó la mano y entrelazó los dedos con los suyos, apartándole el pelo de la frente.

—¿Qué voy a hacer contigo? —preguntó ella con desesperación.

—Quererme —respondió él con la vista borrosa—. Y dejar de incordiarme con el tema de la furgoneta nueva.

Bueno, a lo mejor se estaba aprovechando de la situación, pero no podía dejar pasar la oportunidad.

—¿De verdad vas a utilizar lo que acaba de pasar para convencerme? —preguntó ella vacilante.

—Sí.

Estaba dispuesto a sacar partido de todos los recursos a su alcance.

—Muy bien —susurró ella—. Si te hace feliz, haré lo que me pidas.

A Grady lo embargó una sensación de éxtasis indescriptible, teniendo en cuenta que acababan de dispararle. Notó el roce de sus labios en la frente antes de perder el conocimiento, y en ese momento decidió que no había mejor forma de perder el mundo de vista que acompañado de los mimos de Emily.

Capítulo 5

Emily se dio cuenta casi de inmediato de que Grady Sinclair debía de ser el peor paciente que había entrado en el modesto hospital de Amesport. En cuanto el cirujano le suturó la herida abierta del costado, empezó a decir que quería irse a casa. Por suerte, la bala solo le había provocado una herida superficial, pero le había dejado una laceración considerable.

Ella rompió a llorar como una niña cuando el médico le dijo que Grady solo necesitaba sutura, antibióticos y pasar la noche en observación. Y no dejaba de tener su gracia que fuera Grady quien tuviera que consolarla a ella cuando era él quien se había llevado la peor parte.

Todo aquello era culpa suya, Paul era su exnovio loco, pero a pesar de todo Grady había arriesgado la vida para salvarla. Es más, Emily estaba convencida de que no había dudado ni un segundo en poner en peligro su propio bienestar. Solo se preocupaba por ella y el hecho de que estuviera dispuesto a sacrificar su vida para protegerla la dejó de una pieza. Ninguno de los hombres que había conocido hasta entonces, salvo su padre quizá, la habría protegido de aquel modo sin pensárselo dos veces. Por eso ahora lo único que quería era cuidar de Grady.

Fue todo un desafío convencerlo de que debía quedarse en la cama. Su desesperación fue en aumento y al final tuvo que amenazarlo con romper su promesa de pasar la Navidad con él si no seguía al pie de la letra las órdenes del médico. Grady gruñó y protestó, pero acabó dando el brazo a torcer. Se mostró aún más cascarrabias cuando ella se negó a dejarlo solo y le insistió varias veces para que se largara a casa y durmiera un poco. Al final Emily durmió en el sillón reclinable que había junto a la cama, no solo porque quería estar a su lado en caso de que necesitara algo, sino porque tenía miedo de que se levantara y se fuera por su propio pie.

Emily lanzó un suspiro de alivio cuando le dieron el alta al día siguiente y pudieron volver a casa por la tarde. Ella también tenía muchas ganas de irse del hospital y dejar atrás los pensamientos que se agolpaban en su cabeza sobre lo que podría haberle ocurrido a Grady.

—¡No me habías dicho que habías comprado un árbol! —exclamó Emily cuando entraron en casa y vio el enorme árbol que se alzaba en un rincón de la sala de estar. Era precioso y muy frondoso, y debía de medir más de dos metros de alto.

—¿Te gusta? —preguntó Grady con cautela, mientras avanzaba renqueando y entre muecas de dolor—. Dijiste que querías uno. Le pregunté a la mujer de la limpieza dónde podía comprar uno de estas dimensiones y me dijo que le pediría a su marido que lo trajera y lo instalara. Imagino que lo ha hecho esta mañana.

—Aún te duele. ¿Quieres un analgésico? —le preguntó Emily algo nerviosa.

—No. ¿Te gusta el árbol?

—Es precioso, pero ya lo decoraré más tarde. Lo único que quiero ahora es llevarte a la cama.

Le rodeó la cintura, con cuidado para no hacerle daño en la herida.

—No te imaginas la de tiempo que llevo soñando con oírte pronunciar esas palabras. Desde que te conocí. Pero no pienso acostarme a menos que vengas conmigo —afirmó y le guiñó un ojo en un gesto pícaro—. ¿De verdad crees que podrás sujetarme si pierdo el conocimiento?

—Sí. Soy más fuerte de lo que aparento —replicó ella a la defensiva. Bueno… quizá no podría sostenerlo, pero podía ayudarlo a moverse de forma algo más cómoda.

—Eh, conste que no me quejo. Puedes arrimarte tanto como quieras —le aseguró en tono burlón mientras se dirigían hacia las escaleras a paso lento.

Emily lo ayudó a subir sin apartarse de él en ningún momento. Lo siguió hasta el dormitorio, dispuesta a meterlo en la amplia cama, que resultaba de lo más tentadora.

—A la cama —insistió.

—A la ducha —replicó él—. ¿Entrarás conmigo? Ten en cuenta que podría caerme y golpearme en la cabeza. O marearme.

Emily tuvo que morderse el labio para contener la risa. Era obvio que Grady aún tenía dolor, pero no quería dejar escapar la oportunidad.

—Esperaré fuera.

—Pero ¿y si te necesito? —preguntó con una sonrisa débil y al mismo tiempo malvada.

—No me alejaré —afirmó ella con rotundidad y empezó a desabrocharle la camisa, pues sabía que un gesto tan sencillo como ese podía resultar doloroso para un hombre en su estado.

—Acércate más —le pidió él—. Me llevará un tiempo borrar de la cabeza la imagen de ese imbécil apuntándote con la pistola.

Emily le desabrochó el último botón, abrió la camisa y tuvo que hacer un esfuerzo titánico para mantener la concentración y no quedarse atontada, deleitándose la mirada con el delicioso espectáculo que le ofrecían sus pectorales y la tableta de chocolate de su abdomen; su piel suave y cálida cubría unos músculos apolíneos capaces de desatar su pasión.

«Tengo que ser fría. Tengo que ayudarlo. Grady me necesita», pensó Emily.

Deslizó la camisa por los hombros y la dejó caer al suelo.

—¿Puedes seguir tú solo ahora?

Emily tragó saliva al ver lo que insinuaban los pantalones que empezaban a deslizarse por las caderas y la fina estela de vello que se sumergía en la cintura. Aquel hombre tenía un cuerpo que podría arrastrar al pecado a una santa y el problema era que ella no era un ángel.

—No. Me duele cuando me muevo. Tendrás que hacerlo tú —dijo Grady muy serio.

Emily lo miró a los ojos. Grady se mostraba impertérrito, pero sus pupilas eran una fogosa promesa de lujuria y placer. Emily notó que se le endurecían los pezones y que un fuego abrasador nacía en su vientre y llegaba hasta su entrepierna. A pesar de estar herido, Grady Sinclair era una auténtica tentación, una mezcla sensual de hombre dominante y chico juguetón que la hacía preguntarse si debía dejarse llevar por las risas o la vergüenza.

—Grady —le advirtió, relamiéndose los labios secos sin apartar los ojos de él.

—Necesito que me ayudes, Emily. Por favor.

No podía negarse y, a decir verdad, tampoco podía resistirse a la tentación de tocarlo. Acercó sus manos temblorosas al botón de los pantalones y dio gracias de que solo hubiera uno. En realidad, Emily sabía que una tarea tan sencilla como esa podía provocarle un dolor atroz a Grady. Los movimientos que exigía un acto tan simple como desabrocharse los pantalones podían tirarle de los puntos, y lo último que quería era que se hiciera daño otra vez. A lo mejor era verdad que estaba jugando con ella y quería provocarla, pero ella estaba dispuesta a hacer lo que fuera necesario para no verlo sufrir.

Una vez tomada la decisión, lo acompañó hasta la bañera que había visto al entrar en el dormitorio. Grady obedeció de inmediato, pero su rostro reflejó un gesto de sorpresa y de deseo.

Una vez en el baño, Emily intentó bajarle la cremallera de los pantalones, aunque no le pasó por alto que iba a tener que hacer todo tipo de maniobras para no rozar el enorme bulto que asomaba por debajo. Al final le bajó los pantalones acompañados de unos bóxeres de seda.

—Deja que me ocupe yo de todo. Tú quédate quieto y no te preocupes por nada —le pidió ella mientras lo ayudaba a quitarse los pantalones, que llevaba a la altura de las rodillas.

Antes de que tuviera tiempo de cambiar de opinión, se quitó la sudadera y la dejó caer al suelo. Acto seguido hizo lo propio con los pantalones y se quedó en braguitas y sujetador. Después de ver su escultural cuerpo, intentó evitar que la incomodidad se apoderara de ella, a pensar de la intensa mirada de Grady. Era cohibida por naturaleza y no le entusiasmaba la idea de pasear medio desnuda por la casa. Sin embargo, sus inseguridades debían pasar a un segundo plano ya que lo único que importaba en ese momento era el bienestar de Grady.

La ducha era ultramoderna y tuvo que toquetear varios mandos para ajustarla correctamente, pero al final lo consiguió. Abrió la puerta de la mampara y le hizo un gesto a Grady.

—Entra.

Llevaba la herida cubierta con un apósito protector, pero debía tratarlo con cuidado.

Grady permaneció inmóvil, incapaz de apartar sus ojos llenos de deseo de su cuerpo.

—Dios, eres tan guapa que el simple hecho de mirarte resulta hasta doloroso.

Emily levantó los brazos, se quitó la horquilla del pelo y dejó que su melena se deslizara sobre los hombros.

Oyó el gruñido de Grady y supo que no era de dolor, sino porque la encontraba atractiva y casi irresistible. Una curiosa oleada de poder femenino empezó a fluir por su cuerpo, arrasando con todas sus inseguridades. Emily empezaba a disfrutar de lo lindo con aquella mirada que recorría todo su cuerpo, como si fuera la única mujer viva del mundo. Y, Dios, qué sensación tan embriagadora.

—Métete en la ducha, Grady —le ordenó ella, consciente de que necesitaba unos segundos para poner sus pensamientos en orden—. Tengo que quitarme las lentes de contacto.

Era el descanso que necesitaba. Bajó a la planta inferior en ropa interior, tomó su maleta y la subió. Se quitó las lentillas con manos temblorosas y las dejó en el contenedor de plástico, respirando hondo e intentando recordarse a sí misma que su única misión era cuidar de Grady. La necesitaba más que nada.

Regresó al cuarto de baño, inundado por el vaho caliente del agua, y oyó un gruñido procedente de la ducha. Emily reaccionó de inmediato y abrió la puerta de par en par.

—Te dije que no te movieras —lo riñó, con un único objetivo en mente: cumplir con la misión de evitar que Grady siguiera sufriendo. Le quitó la esponja enjabonada de las manos y la tiró al suelo. Se llenó las manos con el jabón de intenso aroma masculino que él había usado y empezó a lavarle el cuerpo con movimientos largos y lentos, comenzando por la espalda y masajeándole los músculos en tensión.

El cuerpo de Grady era pura fibra y cuando llegó a las nalgas, palpó unos glúteos tonificados que hasta el momento solo había podido admirar de lejos, ocultos siempre bajo los pantalones. De cerca y al natural eran aún más excitantes y notó cómo se tensionaban al enjabonarlos.

«Tu misión solo es lavarlo y llevarlo a la cama», tuvo que recordarse.

Cuando acabó con la espalda, le lavó el pelo y le inclinó la cabeza hacia delante para aclarárselo.

—Date la vuelta —le pidió en voz baja.

Grady obedeció y llegó el momento de empezar con la gloriosa tarea de enjabonarle el pecho.

—Desnúdate —le pidió Grady con un gruñido—. Quiero que te desnudes ahora. Ya que no puedo hacerlo contigo, al menos quiero verte.

—Soy yo quien te va a lavar a ti. No es necesario que me desnude...

—O te quitas tú la ropa, o lo hago yo —le advirtió Grady.

Emily sabía que era bien capaz de cumplir su amenaza y que en ese caso se haría daño. ¿De verdad importaba? Total, ya estaba casi desnuda...

Dejó el jabón en la repisa, se desabrochó el cierre delantero del sujetador y se lo quitó. Las braguitas se deslizaron como la seda por las piernas enjabonadas.

—Oleré como tú —le dijo medio en broma Emily, que de repente se sintió vulnerable ante Grady. Cuando se quitó la ropa interior, la dejó colgada en la puerta.

—Bien. Quiero impregnarme de tu aroma. —Grady estiró los brazos para acercarla a él, acariciándole la espalda. Luego la agarró de las nalgas con fuerza y la atrajo hacia sí con desesperación para que sintiera la potente erección. La inmovilizó contra la pared de la ducha con su poderoso cuerpo—. Te quiero debajo de mí, que grites mi nombre entre gemidos de placer mientras te la meto hasta el fondo. Una y otra vez. Quiero que llegues al orgasmo conmigo —le dijo Grady con la respiración entrecortada.

—¡No! —gritó Emily, que se debatía entre el deseo y el temor a hacerle daño—. Aún no estás recuperado —le dijo y le puso la mano en el pecho para que la soltara.

—Entonces te sugiero que no te muevas —replicó Grady con un susurro torturado—. Porque me muero de ganas de tocarte. Necesito hacerlo. El dolor de no sentir el roce de tu piel me está matando.

Emily lanzó un suspiro trémulo y se quedó quieta mientras él retrocedía unos centímetros. Ambos se miraron fijamente. Los ojos de Grady rebosaban una pasión feroz y desatada que la estremeció al sentir la llama que ardía con la fuerza del infierno. Presa del deseo irrefrenable, una fuerza desconocida para ambos los unió e hizo que él se muriera por poseerla y ella por entregarse a su amante para gozar de los placeres de la carne.

Las manos de Grady se deslizaban por su cuerpo sin dejar de mirarla. Empezó a acariciarle los pechos y a excitarle los pezones con los pulgares. Era como si las yemas de sus dedos hubieran despertado del letargo todas las terminaciones nerviosas de su cuerpo. Las caderas de Emily iniciaron un dulce vaivén acompañado de unos gemidos que nacían de los escalofríos de gusto de su cuerpo. Se mordió el labio para intentar reprimir el placer, pero fue en vano.

Grady se tomó su tiempo, explorando el valle de sus pechos mientras la otra mano descendía lentamente, trazando unos círculos lujurioso en su piel.

—Lo que daría por metértela hasta el fondo…, pero de momento tendré que conformarme con esto. —Su mano se deslizó entre las piernas y fue abriéndose paso poco a poco entre los pliegues húmedos de su sexo—. Seré un espectador privilegiado de tu orgasmo.

Emily dio un fuerte manotazo contra las baldosas de la pared y las rodillas empezaron a flojearle a medida que los dedos de Grady avanzaban en la incursión y le acariciaban una y otra vez desde el perineo hasta el clítoris. Cada vez que le rozaba la sensible piel, este crecía y se excitaba. Al final, Emily no pudo contenerse más y se le escapó un gemido:

—Por favor…

Los ojos de Grady empezaron a arder con la pasión del momento y el pulgar se concentró en ejercer la presión necesaria en el clítoris, pero no bastaba. Emily entornó los ojos y movió las caderas hacia delante, buscando una liberación inmediata de aquella tortura erótica. Con la mano libre, Grady alternaba las caricias en los pechos, pellizcándole los pezones para provocarle una pequeña descarga eléctrica en todo el cuerpo, seguida de una suave caricia.

—Dime lo que quieres, cielo —le exigió entre jadeos al oído—. Quiero oírlo.

—A ti —gimió ella, al borde del paroxismo del placer cuando Grady por fin empezó a acariciarle el clítoris con más entrega.

La besó y la dejó sin aliento, privada de su propia voluntad. Emily se sentía consumida por Grady, que la estaba arrastrando a un éxtasis febril y la dejaba indefensa ante las arremetidas de su lengua y sus dedos.

Con cada caricia de su sexo, los dedos de Grady la llevaban más y más alto, en busca de un clímax que no podía tardar en llegar, mientras que su lengua imitaba las acometidas de lo que le gustaría hacerle con su verga, en un vaivén frenético y poseído.

Rendida al placer, Emily ya no aguantaba más y le agarró la mano para acompañarlo, desesperada por sentir una intensidad más desatada que la llevara al orgasmo.

Grady se apartó ligeramente entre jadeos.

—Abre los ojos. Dime qué quieres.

—Ya sabes lo que quiero —gimió ella, entrelazando los dedos con los de su amante para aumentar la intensidad y saciar el deseo de su sexo.

—Abre los ojos. Quiero vértelos cuando llegue el momento —le ordenó Grady—. Dime qué es lo que quieres.

—Sí, Dios, no pares… —suplicó y abrió los ojos para observar el gesto animal de Grady que, satisfecho con su respuesta, le dio lo que anhelaba con tanta desesperación. Pero ahora fue él quien le agarró la mano y los dedos entrelazados de ambos siguieron abriéndose paso entre sus labios y su clítoris.

—Quiero ser quien te lleve al orgasmo. Ahora.

Emily no habría podido contenerse aunque lo hubiera intentado. Era como si él supiera lo que ella necesitaba para perder el mundo de vista y sintió que el clímax empezaba a formarse en el vientre para iniciar la acometida final. Cuando ya no pudo más, lanzó un fuerte gemido e inclinó la cabeza hacia atrás, pero sin apartar los ojos de la mirada feroz, posesiva y firme de Grady.

—Oh, Dios —exclamó cuando el orgasmo recorrió todo su cuerpo y se estremeció con tal intensidad que tuvo que agarrarse al pomo de la puerta para no perder el equilibrio.

Grady la sujetó y la colmó de tiernos besos, como si quisiera saborear hasta la última gota de su placer y absorber toda la esencia de su éxtasis.

Mientras Emily se recuperaba y regresaba al mundo lentamente, Grady la atrajo hacia sí y la abrazó con cariño. Ella tuvo un escalofrío y él la acercó a la ducha para que el chorro de agua caliente se deslizara por su espalda. Y bastó ese sencillo gesto para que Emily sucumbiera un poco más al hechizo de su amante.

—¿Estás bien? —preguntó ella, preocupada ante la posibilidad de que se hubiera hecho daño. Había intentado no moverse más de la cuenta, pero aun así había tenido que soportar más tensión de la que le convenía dado su estado.

—Acabo de hacer realidad una de mis fantasías. Estoy mejor que bien —respondió él con un deje de alegría.

La mayoría de hombres no tenían la fantasía de ver llegar al orgasmo a una mujer sin poder disfrutar ellos de los placeres del éxtasis, pero así era Grady, el hombre menos egoísta que había conocido. El hecho de que su gran fantasía fuera satisfacer sus deseos sexuales la conmovía hasta las lágrimas. ¿Tal vez porque era el primer hombre que se había preocupado por hacerla feliz? Emily deslizó la mano por su abdomen esculpido y le agarró el miembro. Duro como una piedra, le pareció que notaba la palpitación del flujo sanguíneo por el tronco.

Grady lanzó un gruñido e intentó apartarle los dedos.

—No aguantaré mucho más.

—Déjame. Por favor —suplicó ella, que quería proporcionarle el mismo placer que había recibido ella—. Pero tienes que quedarte muy quieto —le dijo en tono burlón—. No quiero que sufras.

—Cielo, es imposible que no sufra más. Pero no será por los puntos de sutura, sino por las ganas que tengo de metértela ahora mismo. Quiero clavártela hasta el mango y darte todo lo que tengo dentro.

Emily retrocedió un paso, le acarició el pecho y se deleitó con el excitante tacto de sus pectorales.

—De momento tendrás que conformarte con esto —le dijo con una voz sensual, mientras se agachaba ante él.

—Emily, no —suplicó él con un gemido.

Ella empezó a masturbarlo lentamente mientras su lengua jugueteaba con la punta del glande.

—¿No? —preguntó.

—¡Que no pares! —exclamó entre jadeos.

Emily sonrió y la engulló, lo que provocó un gemido contenido de Grady cuando volvió a repetir el gesto. Deslizó la lengua por el tronco, se la introdujo todo lo que dio de sí e, incapaz de reprimirse por más tiempo, lo agarró de las nalgas con todas sus fuerzas para devorarlo.

—Dios, Dios, Dios —gruñó—. Qué delicia. No aguantaré mucho más.

Grady se estremeció de gusto y no pudo reprimir un espasmo pélvico. Bajó una de las manos hasta la melena empapada de Emily para guiarla en su intento desenfrenado de metérsela hasta el fondo.

75

Con cada embestida llegaba hasta la garganta, que le rozaba el glande y provocaba un gemido de placer de Grady. Emily le clavó las uñas en las nalgas para atraerlo con más fuerza hacia ella.

—Cielo... Por favor... No puedo... Acabaré en tu boca —gruñó Grady.

Eso era lo que ella quería: saborear su esencia, y su hambre por conseguirlo era insaciable. Cuando aumentó la fuerza y la intensidad de la felación, notó que Grady se estremecía y no tardó en desahogarse dentro de ella. Inclinó la cabeza hacia atrás y lanzó un rugido de éxtasis y satisfacción.

Era un sabor fuerte, ligeramente salado, igual que Grady.

Emily protestó cuando él la obligó a levantarse porque no quería que hiciera ningún esfuerzo. Grady ignoró sus quejas, la besó apasionadamente y la abrazó con fuerza, repitiendo el gesto que le había dedicado cuando fue ella la que llegó al orgasmo.

Emily no sabía cuánto tiempo permanecieron abrazos, acompañados de la melodía celestial que embargaba sus almas. Lo único que sabía era que nunca se había sentido tan feliz y que no había mejor lugar en el mundo que los brazos de Grady. Pensó que al volver a Amesport, había regresado a casa, pero que no había encontrado un auténtico hogar hasta que conoció a Grady.

CAPÍTULO 6

—¿Quieres contarme lo que ha pasado en la fiesta? —preguntó Emily al amparo de la oscuridad y abrazada a Grady en su enorme cama.

—Que me dispararon —respondió él muy serio, con su voz de barítono que vibró en su oído.

Sabía que le estaba dando evasivas y que Grady había entendido perfectamente a qué se refería.

—Antes de eso. Tuviste un ataque de pánico —replicó ella sin dejar de lado su tono más dulce.

—No me gustan las fiestas —confesó él, acariciándole la cadera con un gesto distraído.

—Yo creo que te pasa algo más, pero si no quieres compartirlo conmigo, no pasa nada —le aseguró.

Emily había estudiado Empresariales, pero en la universidad había cursado asignaturas de Psicología y reconocía un caso de trastorno de fobia social cuando lo veía.

—No es que no quiera compartirlo todo contigo, es que no sé cómo explicártelo —admitió Grady un poco a regañadientes y soltó un largo suspiro muy masculino—. De joven, era tartamudo.

—Le pasa a mucha gente. Pero es obvio que lo has superado. —Aun así, Emily sabía que no debía de haberle resultado nada fácil—.

En ocasiones los niños pueden ser muy crueles. ¿Se burlaron mucho de ti?

—Sí, pero no fueron las burlas de la escuela lo que me afectó, sino las de casa.

—¿Tus hermanos? —preguntó ella confundida.

—No, mi padre —respondió Grady con voz áspera—. Yo era un Sinclair y se suponía que en mi familia todos teníamos que ser perfectos. A mí me costaba articular una frase entera y mi padre creía que yo era tonto. No dejaba pasar ni un día sin recordarme que no estaba a la altura del hijo que siempre había deseado. Yo debía tener don de gentes, formar parte de la élite de los Sinclair. Pero no era así. Era un obseso de la informática. No me interesaba el mundo de los negocios y no me apetecía en absoluto lucirme en fiestas de la alta sociedad. Me parecía un mundo irreal.

A Emily se le encogió el corazón al imaginarse a Grady de joven, convencido de que no estaba a la altura de las rigurosas exigencias de su padre.

—Pero si eres un genio —afirmó ella—. Mira todo lo que has conseguido.

—Daba igual. No era como él, así que pensaba que era un estúpido, que tenía un defecto de nacimiento. A pesar de que al final logré superar el tartamudeo, siempre me consideró un idiota.

Emily no estaba muy segura de querer saber más, pero acabó preguntándole:

—¿Y lo de la fiesta?

—Cada año celebrábamos la fiesta de Navidad de los Sinclair, un evento al que asistían todos los miembros de la familia. Mi padre era alcohólico y cuando bebía nos insultaba y maltrataba psicológicamente más de lo habitual. Como no podía presumir de mí ni aceptarme como hijo, siempre procuraba humillarme y demostrar ante sus amigos ricachones que me hacía el vacío y me había convertido en el blanco de la burlas de toda la familia. Y casi todo el mundo lo imitaba y le reía las gracias cuando decía que yo era el Sinclair tonto. Supongo que pensaba que era normal que hubiera alguien así, pero en ese caso no podía considerarme parte de «su» familia. No podía mostrarse orgulloso de mí. —Respiró hondo y finalizó el relato—: Yo siempre fui… distinto.

—Pues me alegro de que así sea. Mejor eso que ser una copia idéntica de un borracho desgraciado —replicó Emily con rotundidad—. No me extraña que no te gustara la Navidad. ¿Celebrabais estos días en familia?

—Solo la fiesta en sí —admitió Grady—. Éramos Sinclair —dijo, como si ello lo justificara todo—. Decorábamos la casa para la fiesta.

—¿Dónde están ahora tus padres? —preguntó Emily, que tenía ganas de estrangular a su padre por haber sido tan cruel y por haber infundido tantos temores e inseguridades en un niño tan inocente.

—Mi padre murió justo después de la fiesta de Navidad el año que alcancé la mayoría de edad. Mi madre volvió a casarse y se mudó a Europa. Ahora apenas la vemos. Creo que nosotros éramos una parte de su vida que prefería olvidar. Me parece que nunca fue feliz con mi padre —musitó.

Emily lanzó un suspiro de alivio. Por supuesto, no quería cometer un asesinato, pero si hubiera coincidido en la misma habitación con su padre alcohólico, tal vez hubiera tenido la tentación de cometer una locura.

—¿Tienes una relación estrecha con tus hermanos?

—Tan estrecha como puede ser si tenemos en cuenta que apenas nos vemos —respondió con serenidad.

Emily estaba convencida de que todos habían sufrido lo indecible al haberse criado en un hogar en el que el amor brillaba por su ausencia, dominado por un padre alcohólico sin paciencia y con muy mal carácter.

—Me pregunto cómo es posible que acabaras convirtiéndote en alguien tan especial —preguntó ella en voz baja.

—Querrás decir distinto —la corrigió Grady, confundido.

—No… especial. Extraordinario. Increíble.

—¿Eso piensas de mí? Pero si soy raro —afirmó él con naturalidad.

—No eres raro. Donaste una cantidad de dinero desorbitada al centro, cuando habría bastado con una cifra mucho más modesta. Sé que no quieres admitirlo, pero te interesan los programas que hemos puesto en marcha. Eres alguien capaz de movilizar a no sé cuántos hombres para encontrar a un desgraciado que desvalijó las cuentas de una organización benéfica. Te has tomado la molestia de comprarme un abeto a pesar de que no te gusta la Navidad. Eres increíble —insistió Emily—. Y no vuelvas a decir que no es cierto. Eres el hombre más especial que conozco.

—¿Y eso es bueno o malo? —preguntó Grady, con una sonrisa—. «Especial» se parece mucho a «diferente».

—No estoy de acuerdo. Creo que eres maravilloso —replicó ella con firmeza—. Eres único, Grady, pero no te das cuenta. Eres brillante, bondadoso, generoso…

—Tengo malas pulgas, soy antisocial, molesto… ¿Y la Bestia de Amesport? —añadió.

—Nadie es perfecto, y la gente que te llama así lo hace porque no te conoce —afirmó ella entre risas—. Me temo que no te va a quedar más remedio que convivir con tus buenas obras ahora que te has convertido en el héroe de Amesport.

—Solo me importas tú. Quiero ser tu héroe —replicó él con un deje de esperanza.

Emily se volvió lentamente hacia él, intentando no ejercer ningún tipo de presión en la herida para no hacerle daño. Lo abrazó del cuello, le acarició el pelo y el corazón empezó a latirle con fuerza al apoyar la mejilla en el pómulo de Grady. Era mucho más que su héroe. Se había convertido en el centro de su vida, pero ella se limitó a responder:

—Ya lo eres. Créeme... que no te quepa ninguna duda. Seguramente me has salvado la vida.

Y tras esas palabras le dio un beso en la frente. Si algo deseaba era eliminar el dolor que había padecido en su infancia, algo imposible, claro, pero al menos podía enseñarle que el pasado no tenía por qué definir su futuro.

—Ya conoces el antiguo proverbio chino... Si le salvas la vida a alguien, te conviertes en responsable de esa persona para siempre —respondió satisfecho.

—No te preocupes. No te obligaré a ejercer ese papel —replicó ella con una sonrisa.

—Ya lo creo que quiero que me obligues. Toda mi vida —dijo Grady medio dormido y le rodeó la cintura con más fuerza.

Emily no sabía cómo reaccionar. El corazón le dio un vuelco, pero no quería hacer una interpretación demasiado libre de sus palabras. Grady estaba agotado, le habían disparado y se encontraba bajo los efectos de los analgésicos que había tomado antes de meterse en la cama.

«Es mejor que no diga nada. Así no sufriré. Otra vez».

Fue una actitud cobarde, y lo sabía, pero con Grady todo le parecía muy real y muy intenso. Ella quería estar preparada para lo que fuera porque el dolor de perder la frágil relación que habían empezado a forjar podía ser devastador.

Agotados, no dijeron nada más y no tardaron en quedarse dormidos.

***

En los días posteriores, Grady aprendió varias cosas de Emily Ashworth. Averiguó que le encantaban los villancicos y que tenía el don de cantarlos del modo más desafinado posible. Sin embargo, compensaba su falta de oído musical con un entusiasmo desbordante, algo que resultaba de lo más adorable. Hacía una galletas de Navidad deliciosas que él devoraba tan rápido que le costaba seguir su ritmo. Emily había intentado esconderlas, pero Grady acababa encontrándolas enseguida. Se colaba en la cocina cuando ella no lo vigilaba y las engullía como si no las hubiera probado nunca. Las había probado... hacía muchos años... pero no eran tan buenas como las de Emily. También había descubierto que lloraba a lágrima viva con sus películas navideñas favoritas. Le encantaban pero simplemente era incapaz de contener los sollozos. A Grady el concepto de «lágrimas de felicidad» le resultaba algo extraño. ¿Por qué iba a llorar alguien si era feliz?

La herida del costado había empezado a sanar, pero el proceso de recuperación no iba a ser rápido. Grady revivió esa primera noche en la ducha con Emily una y otra vez. Las ganas de acostarse con ella amenazaban con convertirse en una obsesión. Se pasaba el día con una erección constante, pero Emily se negaba a participar en ningún tipo de actividad física, por lo que Grady vivía en un estado continuo de frustración lujuriosa.

Aun así, fueron los días más felices de su existencia. Compartir con Emily su cotidianidad se había convertido en algo muy especial. Y cuanto más tiempo pasaba en su casa y su vida, más difícil se le haría separarse de ella. No se imaginaba su vida sin Emily. Se había convertido en su ángel navideño.

«¡Mía!», pensó Grady.

Era suya... pero ella aún no se había dado cuenta de ello. Qué diablos, si hasta había conseguido que le gustara la Navidad, que se había convertido en su fiesta favorita. También había dejado a un lado los aciagos recuerdos del pasado gracias a ella y a todo lo que hacía por el simple placer de hacerlo, sin esperar nada a cambio.

Grady levantó los ojos del ordenador para observar a Emily, que estaba sentada en el suelo del despacho, ordenando cajas de documentos. Vestía unos sencillos pantalones gastados y un jersey de un rojo brillante, pero era cautivadora. No había un único rasgo físico o de su personalidad que lo atrajera más que los demás... Era ella al completo lo que lo volvía loco. Sentía una fascinación que no conocía límites. Bueno... su terquedad sí que lo sacaba un poco de quicio de vez en cuando, pero lo cierto era que le gustaba hasta cuando lo fulminaba con la mirada. Observaba con deleite cuando las emociones que se apoderaban de ella le cambiaban la expresión del rostro: irritación, confusión, concentración y euforia cuando por fin se salía con la suya.

Tuvo que apretar los puños para no levantarse del escritorio y poseerla ahí mismo, en el suelo del despacho. Había catado las mieles de la pasión con ella, pero quería más. Y desde aquella tarde mágica, Emily se había negado a ir más allá de los besos por temor a hacerle daño y retrasar su proceso de recuperación. No había sonido más dulce que los gemidos y jadeos que profirió al llegar al clímax. Y el privilegio de ser protagonista de aquella escena había sido la experiencia más satisfactoria de su vida. Pero ahora quería verle la cara mientras la poseía y la llevaba de nuevo al orgasmo embistiéndola una y otra vez sin piedad, perdido entre sus piernas.

Grady no sabía hasta cuándo podría esperar. Estar a su lado era una auténtica tortura que hasta le impedía trabajar, aunque intentaba avanzar en uno de sus últimos proyectos. Cuando estaba cerca de Emily, solo tenía ojos para ella. Cuando no la tenía a su lado, anhelaba su presencia. De modo que hiciera lo que hiciera, estaba bien fastidiado.

—¿Cómo es posible que un multimillonario sea tan desorganizado? —dijo Emily con aire distraído, mientras revisaba una caja de documentos con el ceño fruncido—. ¿Y por qué creas una empresa fantástica de la nada para luego venderla?

Grady sonrió, consciente de que su sistema de archivo la estaba volviendo loca… básicamente porque no tenía nada que pudiera considerarse tal cosa.

—Me gusta crear las empresas, pero no gestionarlas. Cuando lo tengo todo en marcha, prefiero empezar otro proyecto.

Emily levantó la mirada con el ceño fruncido.

—Pero todas las empresas que has creado han sido un auténtico éxito en internet.

Grady se encogió de hombros.

—Me han pagado bien por ellas. No tengo un gran don de gentes y no se me da bien relacionarme con los demás.

—¿En qué andas trabajando ahora? —preguntó Emily con curiosidad. Sacó otro fajo de papeles de una caja y los dejó en su regazo. Estaba decidida a poner un poco de orden en su vida.

Grady respondió, aunque creía que era poco probable que Emily lo comprendiera teniendo en cuenta su historial y su personalidad.

—Una red social nueva.

Emily guardó silencio durante unos segundos sin dejar de mirarlo. A buen seguro intentaba deducir si hablaba en serio o le tomaba el pelo.

—¿Por qué? —preguntó no muy convencida.

Grady se encogió de hombros.

—Porque puedo, supongo. Aquellos a los que no nos gusta socializar creamos redes sociales para los demás.

Emily lo miró con incredulidad y estalló en unas carcajadas que resonaron en la amplia habitación.

—Oh, Grady, eres un hombre brillante. Y no tienes ningún problema con tus dotes de comunicación, lo que ocurre es que no te abres y no permites que los demás te conozcan. ¿Hay algo que no puedas hacer?

Emily se agarraba el estómago sin dejar de reír.

«No puedo hacerlo contigo», pensó Grady.

Lo único que de verdad quería era justamente aquello que no podía conseguir.

—Es obvio que no se me da bien organizar el papeleo —respondió Grady.

—No creo que no seas capaz de ello, lo que pasa es que no quieres hacerlo —respondió ella con una mirada de escepticismo.

«¡Me ha pillado!», pensó.

—El papeleo es aburridísimo —replicó él a la defensiva.

—Entonces, a ver si lo entiendo… creas un negocio en internet gracias a tu ingenio, lo vendes y luego ¿guardas los contratos y toda la documentación en una caja sin más?

Grady se revolvió algo incómodo porque debía admitir que Emily se había acercado mucho a la verdad.

—¡Claro que no! —exclamó enfadado.

«También ingreso el cheque o recibo la transferencia en mi cuenta», pensó.

—Grady Sinclair, me he formado una idea muy clara de tus últimos cinco años gracias a los papeles que he encontrado en estas cajas —le dijo Emily en tono amenazador—. Pero no hay nada organizado.

—Todo lo relacionado con los impuestos está en el ordenador —replicó Grady, que empezaba a disfrutar de la situación. Saltaba a la vista que su capacidad para llevar los diversos libros de registros era un insulto a su mentalidad ultraorganizada de titulada en Empresariales.

—¿Sabes el dinero que tienes a día de hoy?

Grady hizo una mueca.

—Mucho. —Tenía un director financiero que lo mantenía al día de todos los asuntos, pero ignoraba el saldo diario de todas sus cuentas. Por eso pagaba a los mejores asesores, para que lo hicieran por él—. De vez en cuando consulto las cuentas, pero siempre hay más dinero que la vez anterior, así que eso es bueno, ¿no?

Grady estaba jugando con fuego y sabía que no era buena idea provocarla, pero le encantaba observar sus reacciones.

Emily levantó las manos en un gesto de frustración.

—Pero ¿y si no lo invierten adecuadamente? ¿Y si resulta que las cosas podrían irte mejor... pero no es así porque no controlas tus finanzas como es debido?

Dios, le encantaba su faceta más obstinada y protectora. Emily intentaba cuidar de él. No podía ser más feliz. Sin embargo, la mirada de preocupación que se dibujó en su rostro le hizo cambiar de opinión. Se levantó, se acercó hasta ella y tomó el portátil que tenía al lado. Lo sujetó con una mano, se conectó a un sitio web y le devolvió el ordenador.

—Compruébalo por ti misma.

Emily tomó el ordenador, estiró las piernas y se lo apoyó en el regazo.

Grady regresó al escritorio, se sentó en la silla y observó a Emily mientras ella examinaba la pantalla, muy concentrada. Él, por su parte, puso los pies en el escritorio y apoyó las manos en el vientre. Mirar a Emily se había convertido en su pasatiempo favorito.

—¿Contenta? —preguntó Grady después de observarla mientras ella analizaba todos los números durante varios minutos. No tuvo ningún problema en comprender cómo funcionaba el sitio—. ¿Crees que mi asesor fiscal está haciendo un buen trabajo?

—Es muy bueno —admitió ella con un deje de admiración—. Es increíble. ¿Quién es? —preguntó sin levantar la cabeza, absorta en los números.

—Jason Sutherland —respondió Grady. No le hizo mucha gracia la cara que puso Emily al oír ese nombre.

—¿Jason Sutherland? ¿El famoso Jason Sutherland? —preguntó con un tono de admiración.

Grady asintió con un gesto brusco, despejando todas las dudas que lo habían asaltado hasta ese momento: ya era oficial, odiaba a Jason.

—Es mi ídolo —afirmó Emily, que dejó el ordenador a un lado y lo miró—. Es increíble.

—No es para tanto —gruñó Grady, que sabía que no era verdad. Jason era uno de los hombres más inteligentes que conocía, pero no estaba dispuesto a admitirlo ante Emily, que lucía un gesto de ensoñación.

—No lleva carteras de inversión personales. No lo necesita. Su volumen de negocio está valorado en miles de millones de dólares, es el chico de oro de la inversión. Sé que eres un hombre muy rico. Bueno… vale… eres muy, muy rico, pero no suele gestionar carteras personales. Ya era muy rico cuando yo estudiaba. Recuerdo que analicé sus estrategias de inversión. Y con lo joven que es…

—Tiene la misma edad que yo —respondió Grady, a quien no le apetecía seguir hablando de Jason porque Emily parecía cautivada con él. No lo soportaba.

—¿Cómo lo conociste?

—Es mi amigo. Nos conocemos desde niños. Supongo que también te parecerá que es muy guapo, ¿no?

Jason causaba furor entre las mujeres, pero su éxito entre el público femenino nunca le había molestado… hasta ese momento.

—No. No lo conozco en persona, claro, pero a juzgar por las fotos que he visto no me parece tan guapo. Sin embargo, sí creo que tiene muy buen ojo para las inversiones —admitió Emily, que se puso en pie.

—¿No te parece guapo? —preguntó Grady con incredulidad.

—No —insistió ella, que se dirigió hacia Grady contoneando las caderas—. Es demasiado guapo, demasiado perfecto. Me gustan más las bestias altas y morenas que hacen donativos generosos a organizaciones benéficas y que no están obsesionados con el dinero.

Se inclinó hacia delante y le dio un beso fugaz que apenas le rozó los labios, pero fue suficiente para volverlo loco de excitación.

El aroma de Emily lo embriagó. Sus labios sabían a café dulce y a pecado.

Emily apoyó la frente en la de su amado.

—Me gustas tú, Grady Sinclair. Has donado millones de dólares a organizaciones benéficas. Pensaba que el dinero que habías entregado al centro de Amesport era algo extraordinario, pero lo haces muy a menudo, ¿no es así? He visto algunos de los justificantes y empiezo a sospechar que hay muchas cosas de ti que aún no he visto.

Grady se encogió de hombros y tragó saliva antes de responder.

—No necesito el dinero. Siempre que hago un donativo, me aseguro de que sea a una buena causa.

—Pues que sepas que los hombres que hacen donativos generosos sin presumir de ello ante nadie me ponen… —confesó Emily bajando la voz.

En ese instante a Grady le dieron ganas de donar una gran parte de su fortuna a una organización benéfica para excitar aún más a Emily. Si no se acostaba con ella en breve, podía entrar en combustión espontánea de un momento a otro.

«¡Mía!», pensó.

—¿De verdad creías que me gustaba tu amigo? ¿Estabas… celoso? —preguntó lentamente, como si le resultara inconcebible.

—Sí —respondió él de inmediato—. Es mi amigo, pero te aseguro que me daban ganas de arrancarle la cabeza porque creía que te gustaba. ¿Te asusta eso?

A él lo asustaba, sin duda.

«Me estoy volviendo loco. Jason me cae bien. Es un buen chico. Pero ha bastado con que Emily expresara su admiración para que perdiera los estribos», pensó Grady.

—No, pero es que nunca había estado con un hombre que me quisiera tanto —confesó Emily con voz trémula.

—Yo sí te quiero —le aseguró. La agarró de la cintura y la sentó en su regazo.

—Ten cuidado —lo riñó ella, que intentó levantarse—. Aún no te has recuperado. Anda, déjame.

Le dieron ganas de decirle que su mera presencia le servía para recuperarse y que su herida de disparo evolucionaba favorablemente.

—Antes dame un beso —le exigió y le acarició el pelo con pasión, pero esperó a que fuera ella quien le diera el beso porque quería que lo hiciera por voluntad propia, porque tenía ganas de estar cerca de él.

—No quiero hacerte daño —insistió ella con nerviosismo.

—Pues es mejor que te des prisa y me beses, o me moriré aquí y ahora. —Mierda, estaba desesperado y necesitaba tocarla. Estaba tan excitado que la erección amenazaba con romperle los pantalones de un momento a otro y sabía que ella la notaba en el trasero—. Quédate aquí y así me aseguraré de que tu precioso trasero no pasa frío —le pidió acariciándole la nuca—. Bésame.

Emily se mordió el labio, como si estuviera evaluando los riesgos y los beneficios.

—¿Seguro que estás bien?

—Me muero —replicó—. Bésame o mátame.

Emily se rio y agachó la cabeza sin hacerse de rogar más.

Capítulo 7

«Estoy enamorada de Grady Sinclair».

Emily estaba tan segura de lo que sentía por él que casi daba miedo. No albergaba la menor duda acerca de sus sentimientos y estaba convencida de que su amor era muy real. Hacía relativamente poco que se conocían, pero la había conquistado desde el momento en que la ayudó a levantarse del suelo del porche de su casa y le limpió las gafas sin pensárselo dos veces. Con ese gesto insignificante, pero muy considerado, le había robado el corazón y luego se había ido enamorando poco a poco de Grady, a medida que las piezas del rompecabezas de su compleja personalidad iban encajando.

A decir verdad, no era un misterio insondable. Grady era un hombre que seguía el dictado de su conciencia, cuyo principal objetivo en la vida era ser feliz; un hombre generoso con los demás simplemente porque quería. Y si era una persona solitaria no era porque quisiera estar solo, sino porque tenía miedo del rechazo de los demás. Se había sentido distinto toda su vida.

Aquella forma de ser despertaba en Emily el impulso de darle todo lo que necesitaba, pero al mismo tiempo tenía miedo. Si se entregaba por completo a Grady y las cosas no salían bien, le haría añicos el corazón y, francamente, creía que no volvería a recuperarse jamás. Lo amaba con locura, hasta el punto de que él tenía el poder de destrozarle la vida o hacerla la mujer más feliz del mundo. Sabía que con Grady no había medias tintas. Era todo o nada.

Emily se fue a la sala de estar para intentar desconectar un poco de sus propios pensamientos y encendió las luces del árbol de Navidad que Grady y ella misma habían decorado juntos. Era Nochebuena y la cena estaba en el horno, todo a punto, incluido el pavo que Grady había exigido. Le había asegurado, además, que él mismo se encargaría de las sobras. Ninguno de los dos había hecho ninguna referencia a lo que ocurriría después de Navidad, como si tuvieran miedo de hacer estallar la burbuja de felicidad que los rodeaba en ese instante.

Sonó el teléfono y Emily se sobresaltó. Era el fijo de Grady, pero nunca lo había oído en todo el tiempo que llevaba ahí.

Se dirigió a la cocina y se preguntó si debía responder. Grady había ido a Portland para atender unos asuntos de sus negocios, pero le había prometido que estaría en casa a tiempo para la cena.

«A lo mejor es Grady. Quizá se retrase. Debería responder», pensó Emily.

El visor del aparato mostraba que era un número privado, y al final descolgó convencida de que era Grady.

—Diga…

—¿Dónde está Grady? ¿Y quién eres tú? —le preguntó una voz femenina con un deje altivo.

—No está en casa, lo siento. ¿Quiere dejar un recado? —Emily se sentía muy incómoda y empezó a pasar el peso del cuerpo de un pie al otro, arrepintiéndose de haber respondido.

—¿Con quién hablo? —insistió la voz femenina con un tono que rozaba la hostilidad.

—Soy Emily. He venido a pasar la Navidad con Grady —respondió no muy convencida de sus propias palabras. No quería hacer enfadar a ninguna amiga o socia empresarial de Grady—. ¿Quiere que le diga que ha llamado? —insistió.

Emily oyó un chasquido de disgusto antes de que la mujer se dignara responder.

—Soy Hope Sinclair, la mujer de Grady. Fuera de mi casa ahora mismo.

Y colgó con un fuerte golpe.

Emily dejó el receptor en la base temblando como un flan. El corazón le latía tan rápido que sentía el pulso en todo el cuerpo. Apagó todos los fuegos de la cocina de golpe.

«Tengo que irme. Tengo que irme».

La necesidad imperiosa de huir se había apoderado de ella y la adrenalina fluía desbocada por sus venas.

«Nunca le pregunté si había alguien en su vida. Di por sentado que no era así».

Nunca había oído ningún rumor de que Grady estuviera casado, pero ¿qué se sabía de él? Era un hombre ermitaño y a lo mejor su mujer viajaba mucho. O quizá estaban separados. Aun así, consideraba que debería haberle dicho algo.

Emily sintió una punzada de dolor atroz que la dobló por la mitad. Y con el dolor llegó también la vergüenza. Había besado al marido de otra mujer, se había acostado, más o menos, con él.

—Oh, Dios —susurró en un lamento contenido.

«No. No. No», pensó.

No podía respirar, no podía pensar, lo único que quería era huir de aquella casa cuanto antes. Necesitaba aire fresco y despejar los turbios pensamientos que le nublaban el juicio. Todos eran nefastos e irracionales.

—¡Nooo! —gritó desconsolada.

Abrió la puerta de la calle, se puso las deportivas y salió corriendo.

Había nevado, pero no le importó. Tenía que alejarse del dolor lacerante que sentía. Hacía frío, pero no pasaría nada mientras siguiera corriendo y no se detuviera. Tal vez así podría dejar atrás la angustia de la traición de Grady.

«No conoces la verdad. No llegues a conclusiones precipitadas».

Su lado más racional intentaba decirle que no era posible, pero, maldición, acababan de partirle corazón y no podía contener las lágrimas que le corrían por las mejillas.

«¿Por qué no me lo dijo?».

Al llegar a la orilla se detuvo, sin aliento y al borde de la desesperación. Se dirigió hacia el muelle de los pescadores, que llevaba ahí desde que tenía uso de razón. Era viejo, pero aún podía resistir los embates del mar. Cuando llegó al final de la estructura de madera, dirigió la mirada hacia el océano embravecido. Captó el paralelismo entre el estado del mar y el tsunami de emociones que la había embestido de golpe, y el estruendo de las olas la calmó un poco.

Dolor.

Traición.

Miedo.

Vacío.

Desesperación.

Emily le habría confiado su vida a Grady. Jamás se habría imaginado que él sería capaz de ocultarle un secreto que podría destruirla.

«El modo en que me miraba, en que me trataba... ¿fue todo mentira?», pensó.

Tenía que irse antes de que volviera. Una parte de ella quería enfrentarse a él, pero también sabía que necesitaba tiempo para asimilar lo ocurrido. Estaba histérica. En ese momento no atendía a razones. Debía aclarar las ideas antes de hablar con él o sabía que acabaría perdiendo los nervios.

Se volvió para irse a casa, el único lugar donde podía serenarse un poco. Pero en ese instante resbaló sobre la capa de hielo que se había formado sobre la madera. Perdió el equilibrio en un abrir y cerrar de ojos y, antes de que pudiera darse cuenta, cayó hacia un lado y se precipitó al agua con un grito aterrador antes de ser engullida por el mar embravecido.

***

Grady apareció justo a tiempo de oír el grito de pánico de Emily.

Cuando llegó a casa y no la vio por ningún lado, salió y siguió sus pisadas en la nieve hasta el muelle. Al oír su grito de desesperación volvió la cabeza hacia el extremo del muelle de madera y, antes de que pudiera preguntarse qué diablos hacía ahí fuera, la vio caer.

—¡Mierda! —exclamó con desesperación al ver que su vida se precipitaba a un mar embravecido que no debía de estar a más de cuatro o cinco grados de temperatura.

Se quitó la chaqueta y la sudadera mientras corría hacia el agua. La temperatura gélida le cortó la respiración, pero ignoró el dolor punzante del frío. Solo podía pensar en llegar cuanto antes junto a Emily, que estaba aferrada a uno de los postes del muelle, a merced de los embates de las olas.

—¿Qué diablos haces? —gritó Grady para hacerse oír sobre el estruendo del mar—. Tienes que salir de ahí.

El frío era insoportable. Sabía que ninguno de los dos sobreviviría si no salían del agua.

—Tengo el pie atrapado —gritó Emily—. Sal del agua, Grady.

Se dio cuenta de que lo estaba pasando muy mal. Cada pocos segundos se sumergía bajo el agua para intentar soltarse el pie.

—No voy a dejarte aquí sola —gruñó Grady, que se sumergió bajo las olas y le palpó las piernas con una mano mientras con la otra se agarraba al poste para que no lo arrastraran las olas.

El muelle era viejo y se encontraba en mal estado. Tenía el pie atrapado en una grieta que se había abierto en uno de los postes, entre la madera y un perno, que era lo que le impedía quitarse la zapatilla. Entonces le agarró el pie con firmeza y fue moviéndolo hasta que consiguió liberarlo. Cuando lo logró, subió a la superficie para tomar aire.

No malgastó el aliento en intentar hablar. Agarró a Emily de la cintura y empezó a nadar hacia la orilla. El muelle no era muy largo y, por suerte, las olas los ayudaron y pudieron llegar a la arena sin demasiado esfuerzo.

Grady sabía que tenían que secarse y entrar en calor cuanto antes. Le puso su abrigo seco a Emily, la tomó en brazos y echó a correr hacia la casa, ignorando el dolor de la circulación sanguínea por culpa del frío y sus torpes movimientos. Apretó la mandíbula con determinación, corrió tan rápido como se lo permitían sus piernas entumecidas, y abrazó a Emily con todas sus fuerzas.

«Tengo que hacerla entrar en calor. Ni siquiera tiembla. Tiene hipotermia», pensó.

No se detuvo al atravesar la puerta, sino que subió las escaleras como un rayo y dejó a Emily en un sillón de su dormitorio. Sin perder un segundo, empezó a desnudarla.

Ella lo observaba con mirada ausente, como si estuviera en estado de shock. Grady tenía tanta prisa que le arrancó la ropa, desesperado por quitarle las prendas empapadas. Cuando estuvo desnuda, la secó con varias toallas, el cuerpo y el pelo, la trasladó la cama y la tapó con varias mantas.

—No tardarás en entrar en calor, cielo. Todo irá bien.

Sabía que, en realidad, hablaba tanto consigo mismo como con ella. Necesitaba calmarse y asegurarse de que estaba a salvo.

En ese instante, Emily empezó a temblar. Le castañeteaban los dientes, lo cual era una buena señal. Había empezado a subir la temperatura de su cuerpo.

—Sécate —le dijo ella sin dejar de temblar—. Estoy bien.

No tenía muy buen aspecto, pero le lanzó una mirada de súplica que él no pudo omitir. Grady se desnudó en un abrir y cerrar de ojos, temblando, una reacción que sabía que iba a aumentarle la temperatura corporal, pero que resultaba de lo más incómoda.

Después de secarse con las toallas, se metió bajo las mantas. No creía que fuera capaz de desprender un gran calor corporal, pero atrajo a Emily hacia sí y se preguntó si podría transmitirle ni que fuera una pizca de calor gracias a su inquebrantable fuerza de voluntad.

Grady la estrechó con todas sus fuerzas y cerró los ojos aliviado al sentir que ambos temblaban y que, poco a poco, sus cuerpos empezaban a entrar en calor.

«¿Y si no hubiera llegado en ese preciso instante? ¿Y si me hubiera parado en algún lugar? ¿Habría muerto ahí sola, incapaz de volver a la orilla?», pensó.

Un escalofrío lo recorrió de pies a cabeza, pero nada tenía que ver con su temperatura corporal.

—¿Y si te hubiera perdido? ¿Qué diablos hacías ahí fuera? Ese muelle no es un lugar seguro ni siquiera en verano —le dijo en voz grave y nerviosa.

A Emily aún le castañeteaban los dientes cuando respondió.

—Pues te habría quedado tu mujer —murmuró a través de los dientes, intentando apartarse de él.

Grady la sujetó con más fuerza. No estaba dispuesto a dejarla escapar.

—¿Qué? ¿Es que estás loca? Cuéntamelo todo.

Tal vez se encontraba más grave de lo que él creía, porque lo que acababa de decirle no tenía ningún sentido. Sin embargo, había empezado a entrar en calor y los temblores también habían remitido. Él, por su parte, ya se había recuperado.

—Hope Sinclair —dijo Emily, que empezaba a tener más presencia de ánimo—. Tu mujer. —Le dio un puñetazo en el pecho para apartarlo—. ¿Cómo has podido, Grady? ¿Cómo has podido besarme y fingir que te importaba cuando tienes una esposa escondida en otro lado? ¿Qué era todo esto? ¿Un juego perverso? ¡Estaba enamorada de ti, desgraciado!

Emily dejó de forcejear y rompió a llorar entre sollozos desconsolados.

—Para, Emily, deja de llorar. —Dios, no soportaba verla en ese estado. Se le partía el alma—. No tengo mujer. Hope es mi hermana. ¿Ha llamado cuando yo no estaba?

—Sí. Me ha dicho que era tu mujer —le contó, intentando reprimir los sollozos—. Entonces, ¿por qué me lo ha dicho si no es verdad?

Grady perdió los estribos al ver a Emily en un mar de lágrimas y la abrazó con todas sus fuerzas para que no se fuera a ningún lado.

—Porque sabe que Jared me envía a mujeres con las que no quiero estar. No es la primera vez que me echa una mano haciéndose pasar por mi esposa para librarme de aquellas que no aceptan un no por respuesta.

Quería a su hermana y le agradecía que intentara protegerlo para evitarle un mal trago, pero en ese instante estaba muy enfadado con ella por no haberle consultado nada antes.

—Entonces... ¿no estás casado? —Emily lo miró por primera vez con un gesto vulnerable y consternado.

—Es mi hermana y la quiero como tal, pero creo que casarme con ella sería ilegal en cualquier país del mundo —replicó implacable—. Estoy obsesionado contigo, ¿o es que no se nota? Pienso en ti cada segundo cuando estoy despierto, y cuando duermo sueño contigo. Para mí no hay nadie más. Y nunca lo habrá. Creo que lo sé desde que te vi en el porche de mi casa. Eres mía, cielo. Te necesito como no he necesitado a nadie más en mi vida. No me dejes nunca —le suplicó con la voz preñada de emoción y unos ojos que brillaban con un fuego reprimido durante demasiado tiempo. A Grady ya no le importaba que Emily fuera la única responsable de su bienestar. Se había entregado a ella y podía hacer lo que quisiera con él. Era suyo. Pero también sabía que ella no encontraría a nadie mejor que él.

—Nadie te querrá tanto como te quiero yo, ni se desvivirá por ti como hago yo. Quédate conmigo, Emily. Te necesito.

Grady notó que el corazón le daba un vuelco mientras esperaba su respuesta.

«Di que sí. Di que sí y no volveré a pedir nada por Navidad mientras viva», pensó.

Los ojos de Emily se anegaron en lágrimas cuando asintió y murmuró:

—Te quiero, Grady Sinclair .

Grady se tomó la respuesta como un sí porque era lo que más deseaba, y nunca había oído palabras tan dulces. En ese instante era lo único que necesitaba. Agachó la cabeza y la besó.

Capítulo 8

Emily le abrió su corazón en cuanto sus labios se unieron. Necesitaba que la perdonara por haber dudado de él, por haberlo acusado cuando era inocente. Su beso fue su mejor disculpa y se entregó sin reservas a Grady. Él había sembrado el desconcierto en su vida desde el momento en que sus caminos se cruzaron, momento en el que el lado más racional de Emily salió por la ventana. Simplemente no era posible analizar de un modo lógico y sereno lo que sentía por Grady. Era como si sus almas estuvieran entrelazadas y llevara una vida completa desde que lo había conocido, como si Grady hubiera llenado un vacío de su alma que nadie había logrado ocupar.

Su cuerpo aterido sucumbió a las llamas de la pasión cuando Grady la besó como un poseso. Su lengua la buscaba incesante, entraba y salía de su boca con una lujuria imparable, exigiendo que se entregara sin reservas.

«Sí, sí, sí».

El cuerpo musculoso de Grady se estremeció cuando ella gimió entre sus brazos. Emily intentaba abarcar todo su cuerpo con las manos. Los músculos de su amado se estremecían al sentir el roce de las yemas de sus dedos mientras ella le acariciaba la espalda y le

agarraba las nalgas, duras como una piedra, arrastrándolo con desesperación para que la penetrara de una vez por todas y saciara su
necesidad. Emily apartó los labios unos segundos y le suplicó con
desesperación:

—Por favor, Grady. Te necesito.

—Aún no —se limitó a responder él—. Pero todo llegará.

Le agarró ambas manos por encima de la cabeza antes de empezar a deslizar la lengua por su cuello. Le mordió el lóbulo de la oreja
y añadió:

—He tardado treinta y un años en conseguir un milagro navideño y por ti ha valido la pena esperar tanto tiempo. Así que ahora
quiero saborearlo con calma —le dijo con voz grave.

Indefensa, Emily levantó las caderas. Su sexo húmedo sentía la
proximidad de la erección de Grady, pero quería más.

—Ya habrá tiempo para saborear las cosas. Ahora quiero sexo
—gimió, desesperada por sentir a Grady dentro de ella.

—Deseo hacerlo todo contigo. Llevo tanto tiempo soñando
con esto... He soñado tantas veces contigo desnuda en mi cama,
que ahora mismo estoy a punto de volverme loco.

Siguió trazando un sendero lujurioso con la lengua por todo su
cuerpo, le soltó las muñecas y empezó a bajar por los pechos.

Emily reprimió un grito cuando Grady le lamió uno de los
pezones, que reaccionó al instante al malvado ataque de su lengua.
Él le dio un suave mordisco, lo suficiente para provocar en Emily
una descarga eléctrica que le llegó hasta la entrepierna. Entonces
Grady le acarició el pezón con la lengua, una cálida sensación que
invadió sus entrañas.

—No esperes más, Grady. Por favor.

O se la metía ahora mismo, o se volvía loca. Su cuerpo estaba
sucumbiendo bajo unas oleadas de lujuria que amenazaban con
consumirla.

—Aún no. Antes quiero saborearte —le advirtió Grady con voz grave y ella notó su cálido aliento en el vientre—. Y te prometí que haríamos el amor solo si me lo suplicabas.

Por el amor de Dios, Emily estaba dispuesta a arrastrarse, a rogarle que tuviera piedad de ella. El nivel de excitación que podía tolerar tenía un límite y estaba a punto de alcanzarlo.

—Grady... No puedo... No... —balbuceó, incapaz de articular una frase coherente mientras la lengua de Grady empezaba a recorrer los labios de su sexo, pero sin llegar donde ella quería. Aun así, las sensaciones que le provocó su lengua perversa le hicieron levantar las caderas, lista para recibir sus acometidas.

—Lo harás —gruñó él y sus palabras resonaron en su sexo con un placer indescriptible.

Grady le acarició la cara externa de los muslos y lentamente avanzó hacia el interior, muy cerca del objeto de su deseo.

—Por favor. —Lo único que podía sentir Emily en ese momento era los dedos de Grady y sus caricias. La tocaba, la saboreaba, se embriagaba con su aroma... Jamás había sentido algo tan excitante—. Basta ya. Te necesito ahora —dijo con jadeos entrecortados, arqueando la espalda, y oyó un gruñido de satisfacción cuando él se adentró entre sus piernas. Y perdió de nuevo el mundo de vista.

Grady podía ser un hombre solitario y retraído fuera del dormitorio, pero en ese momento tenía muy claro lo que debía hacer. Se mostraba totalmente desinhibido, saboreando hasta el último rincón de su sexo con un hambre insaciable.

—Oh... Dios... —exclamó Emily con un gemido torturado y se deslizó hacia delante, ofreciéndose porque necesitaba más, mucho más. Se aferró a las sábanas, con los nudillos blancos por la fuerza que estaba ejerciendo.

Grady la agarró de las piernas, le dobló las rodillas y se las levantó. Así la quería, entregada a él y expuesta a su tormento erótico. Su lengua se recreaba ahora en el clítoris, una y otra vez, y cada roce aumentaba la excitación. Sin piedad. Grady tenía un objetivo: llevarla al orgasmo. Y la dominación absoluta a la que la estaba sometiendo la liberaba de sus cadenas.

—Tu sabor es tan dulce… —gruñó cuando levantó la cabeza—. Ya estás casi lista para mí.

Emily quería decir que estaba más que lista, pero Grady ya había vuelto a las andadas.

—No puedo… No puedo… —balbuceó Emily con el corazón desbocado, preguntándose si llegaría al clímax o si moriría antes. Todos los músculos de su cuerpo estaban en tensión y la promesa del orgasmo avanzaba a una velocidad de vértigo. Era una sensación aterradora y embriagadora a partes iguales. Su cuerpo nunca había reaccionado de forma tan virulenta a las caricias de alguien.

«Todo esto es por Grady. El simple roce de sus dedos hace que me vuelva loca».

Emily lo agarró del pelo, sujetándolo mientras él la devoraba implacable y su lengua se daba un auténtico festín con su clítoris, acompañado del dulce vaivén de sus caderas con cada acometida.

Emily cerró los ojos y vio destellos de luz en la oscuridad. Su cuerpo se encontraba sumido en un estado de máxima excitación eléctrica. El orgasmo la embistió como un huracán y lanzó un gruñido de éxtasis cuando alcanzó la ansiada liberación, tan intensa que lo único que pudo hacer fue quedarse quieta mientras Grady paladeaba el néctar de aquel momento mágico.

—Por favor. Lo quiero. Ya. —Emily estaba al borde de la desesperación, incapaz de esperar un segundo más para sentir a Grady dentro de ella. Acababa de tener el orgasmo más brutal de su vida, pero necesitaba… más. Quería sentirlo dentro.

Grady se situó encima de ella, entre sus piernas, con un gesto posesivo y animal, con una mirada tormentosa y oscura.

—Si te tomo ahora, no te dejaré marchar nunca más —le advirtió con voz gutural—. Bueno, tampoco te habría dejado, porque eres mía desde el día que apareciste en la puerta de mi casa, mi ángel.

—Introdujo el glande, que se abrió paso entre sus labios, impregnándose de sus fluidos—. Así, oh, esto es delicioso. Es increíble.

Grady acompañó el movimiento con las caderas y su miembro erecto se deslizó una y otra vez rozándole el clítoris para llevarla al borde del paroxismo del placer.

—No soy ningún ángel, solo una mujer que se volverá loca si no haces lo que te estoy pidiendo desde hace rato. —Emily deslizó las manos por su espalda y lo agarró de las nalgas, desesperada por que la poseyera de una vez por todas—. Te lo suplico, Grady. Lo necesito.

—Preservativo —gruñó él sin apartar los labios del cuello.

—Llevo varios años tomando la píldora para regular la regla. ¿Confías en mí? —le preguntó ella.

—Claro que sí. Y no sabes cómo me alegra que confíes en mí porque no sé si podría haberme apartado ahora. Nunca había sentido algo tan delicioso —confesó con voz grave y acto seguido le dio un beso arrebatador.

Emily notó el sabor de sus propios fluidos en los labios de Grady, lo que no hizo sino aumentar aún más su deseo y su excitación. Le rodeó las caderas con las piernas, desesperada por sentirlo dentro de una vez por todas.

Grady la penetró como si hubiera recibido la orden de hacerlo. Se la metió hasta el fondo. Lanzó un gruñido y su lengua se abrió paso entre los labios de su amante al compás de la embestida. Salió de ella y volvió entrar, con un gruñido aún más torturado. Se apartó unos segundos y le dijo:

—Qué estrecho es.

—Bueno, hacía un tiempo desde la última vez —confesó Emily, que lo abrazó del cuello con fuerza.

—Mía —rugió Grady, y con un rápido movimiento de cadera retomó las acometidas.

—Sí —gimió ella desesperada—. Oh, sí, Grady.

Grady tomó posesión de su cuerpo con cada embestida, llegando a lugares donde no había llegado nadie antes. Poco a poco empezó a aumentar el ritmo, exigiéndole más y más. Emily le dio todo lo que podía ofrecerle, gimió y echó la cabeza hacia atrás cuando Grady la agarró del trasero y empezó a bombear con una fuerza que la estaba dejando sin aliento.

—No puedo parar —gruñó, torturado.

—No pares. Dámelo todo. Estoy aquí contigo. —A Emily la volvía loca el dominio descontrolado de Grady. No quería que fuera dócil—. Más —suplicó, deleitándose con aquellas embestidas con las que la estaba poseyendo del modo más elemental posible.

—Te quiero, Emily —confesó Grady con fiereza, mientras seguía con sus embates.

Ella también quería decirle que lo amaba, pero el orgasmo la golpeó con fuerza, con una oleada de espasmos que la dejaron sin habla. En lugar de ello, gimió y sintió una contracción de placer que se aferró al sexo de Grady.

Él la besó para amortiguar sus gemidos de éxtasis, pero profirió un gruñido cuando le llegó el turno de alcanzar el clímax y Emily le arrancó hasta la última gota de su esencia. Siguió besándola con pasión, como si intentara reclamarla como suya a pesar de que ya la había poseído.

Al final apartó los labios y salió de ella, rompiendo el vínculo que los unía. Permanecieron tumbados en la cama, ella encima de él, sin aliento. Cuando Emily recuperó el habla, murmuró:

—Yo también te quiero. Muchísimo.

Él la besó en la frente, los labios, las mejillas, por toda la cara antes de responder:

—Quédate conmigo, Emily. Y cada día será Navidad para mí.

Emily intentó reprimir las lágrimas al oír el deje vulnerable en la voz de su amado.

—Quiero que cada día sea Navidad. Quiero hacerte feliz, Grady.

—Ya me haces feliz —le aseguró con voz grave.

Grady apartó con delicadeza a Emily para tumbarla a su lado, la tapó con el edredón y se levantó de la cama. Ella lanzó un suspiro al ver su cuerpo escultural deslizándose por la habitación. Se acercó hasta la ropa empapada y sacó algo del bolsillo trasero de los pantalones.

—Maldita sea. Se me han caído las lentillas en el agua —dijo, contrariada, al darse cuenta de que veía borroso.

Grady encendió la luz de la mesita de noche y le dio una cajita de terciopelo empapada y sucia.

—Ya te compraré otras. Da igual. Lo importante es que estés a salvo. Cuando te vi en el agua, me quitaste varios años de vida de golpe. No vuelvas a hacerlo. Y te juro que dejaré todas las zapaterías de la zona sin existencias de botas para que no vuelvan a faltarte. Esas deportivas son un auténtico peligro.

Emily miró la cajita que tenía en la mano y empezaron a temblarle los dedos.

—No tenía una reunión de negocios, sino que tenía que ir a recoger esto. Un buen amigo me dijo que debía casarme contigo en cuanto pudiera. Creo que es el mejor consejo que Simon me ha dado jamás.

Abrió la caja por Emily, que se quedó sin aliento. El diamante que contenía era espectacular.

—Oh, Dios mío.

—¿Quieres casarte conmigo, mi ángel?

Sacó el anillo y tiró la caja al suelo.

Emily rompió a llorar. Grady no le dio mucho tiempo para responder, ya que le tomó la mano y le puso el enorme anillo de diamante en el dedo.

—¿Pensabas dejarme elegir? —preguntó ella entre sollozos.

El corazón le latía tan rápido que le costaba respirar.

—No —respondió él con una sonrisa malvada en los labios—. Pero un hombre educado siempre pregunta.

Emily no pudo esperar más y se lanzó a sus brazos. Lo abrazó con tanta fuerza que estuvo a punto de ahogarlo. Pero Grady no se quejó. Le devolvió el abrazo, como si no fuera a soltarla jamás.

—Iba a decirte que sí de todos modos —le aseguró en voz baja, apoyando la cabeza en su hombro.

—Sé que Hope puede ser de lo más convincente, pero ¿de verdad creías que estaba casado?

Grady la obligó a mirarlo a los ojos.

—Fue una reacción instintiva. Me dejé llevar sin más. Lo siento. Todo lo que ha pasado… da un poco de miedo. Nunca me había sentido así y supongo que pensé que lo nuestro era demasiado perfecto para ser real. —Suspiró y se preguntó cómo era posible que se lo hubiera creído mientras miraba a Grady a los ojos y veía el brillo del amor que sentía por ella reflejado en lo más profundo de su ser—. Sabía que podía acabar pasándolo muy mal.

—Nadie volverá a hacerte daño —respondió él con la voz preñada de emoción. La abrazó y la sentó en su regazo—. Si es necesario, mataré a quien lo intente.

Emily esbozó una sonrisa, consciente de que Grady era incapaz de dejar a un lado su instinto más protector y dominante. Pero no se quejaba de ello. Su amor siempre la acompañaría y ella tampoco podía desprenderse del instinto protector que sentía hacia él.

—Te daré tanto amor que algún día aprenderás a amar la Navidad tanto como yo —le dijo ella con un tono que rebosaba seguridad en sí misma.

—Ya me gusta. Es Nochebuena y soy muy feliz —le aseguró sin apartar los labios de su pelo.

—¿Qué tengo que hacer para que te guste más aún? —le preguntó y se removió en su regazo, sintiendo el tentador bulto que le rozaba el trasero.

Grady reaccionó a la velocidad de la luz, la tiró en la cama y se abalanzó sobre ella con una mirada traviesa. Le abrió las piernas y le sujetó las manos por encima de la cabeza.

—Tú… en mi cama… toda la noche y mañana todo el día. Creo que así sería el hombre más feliz del mundo y amaría la Navidad tanto como tú. Quién sabe, igual salgo a pasear por Amesport repartiendo bastoncillos de caramelo para desearle a todo el mundo una Navidad tan feliz como la mía.

Emily se rio.

—Eso me gustaría verlo.

—Pues ya sabes lo que toca —le dijo en tono desafiante.

—Te prometí que te ofrecería una Navidad más feliz —dijo en tono pensativo.

—Sí, es verdad. —Grady se inclinó sobre ella y la besó antes de añadir—: pero no creía que quisieras repetir lo de hace un rato.

—Ninguna mujer podría resistirse a un regalo de Navidad como tú —le aseguró Emily con un suspiro de satisfacción.

Grady esbozó una sonrisa de lo más sexy que le derritió el corazón y acto seguido la besó. Fue un beso navideño que le juró amor eterno.

Al final no salieron de la cama hasta la noche del día siguiente. Ambos estaban tan agotados y los embargaba tal dicha que se levantaron para comer algo y, acto seguido, se refugiaron bajo las sábanas, sin acordarse de los bastones de caramelo.

Esa fue la Navidad más feliz que Grady y Emily tuvieron jamás.

Epílogo

Al cabo de una semana, Grady volvió al Centro Juvenil, pero en esta ocasión su estado de ánimo poco tenía que ver con el de ocasiones anteriores. Grady Sinclair daba una fiesta y ejercía de anfitrión. Había tenido poco tiempo para organizarla, pero al final iba a ser una fiesta de Nochevieja más que decente.

La fiesta era muy animada y el grupo que actuaba había llenado la pista de baile gracias a la entrega de los vecinos de Amesport.

Sonrió al ver a Emily abrazada a sus padres. Dios, qué feliz lo hacía. Su instinto posesivo se activó de inmediato al ver el destello del diamante que lucía en el dedo. Le costaba creer que de verdad fuera suya.

Los padres de Emily se llevaron una buena sorpresa cuando el avión privado de Grady los recogió en el aeropuerto, pero se lo tomaron todo con relativa calma. Habían aceptado la invitación para conocerlo y para hacer feliz a su hija. A Grady le pareció un gesto extraordinario. Quizá era la reacción normal de unos padres cariñosos que querían a su hija, pero él nunca había experimentado la noción de «normal» con sus padres.

A decir verdad, su infancia había sido un desastre, pero Emily había sido capaz de compensarlo con creces. Si volviera a nacer, estaría dispuesto a pasar por lo mismo solo para conocerla. Al final se había instalado en Amesport para intentar encontrar un poco de paz. Como ya tenía una casa en la península, le pareció que la pequeña población sería el lugar ideal para evitar las multitudes. Sin embargo, con el tiempo había descubierto que la auténtica felicidad no se encontraba en un lugar concreto. Emily era quien lo hacía feliz y no había tardado en darse cuenta de que no todo el mundo era como su padre, de que no había ninguna necesidad de que viviera como un ermitaño. Tal vez nunca sería un hombre muy sociable, pero ya no le daba miedo la gente. Emily lo amaba y si ella podía aceptarlo, quizá también podrían los demás.

Grady dirigió la mirada hacia el otro extremo de la sala, donde se encontraban todos sus hermanos, que tenían cara de estar pasándolo en grande, quizá porque por fin se habían reunido de nuevo. Hope había viajado desde Aspen, pero sin su novio, y sus hermanos Evan, Dante y Jared habían aterrizado hacía pocas horas. Al final había acudido también Jason, con la excusa de que no tenía un plan mejor para Nochevieja.

Grady miró fijamente a Dante y se dio cuenta de lo cansado que parecía. Dante era un año más joven que él y enseguida había seguido su propio camino tras abandonar el hogar de los Sinclair al cumplir dieciocho años. Se fue a la universidad a estudiar Criminología y no tardó en empezar a trabajar para la policía de Los Ángeles, donde en poco tiempo ascendió hasta convertirse en detective de Homicidios. ¿Era feliz? Grady se fijó en sus ojeras y en su expresión de cansancio. Quizá había trabajado mucho últimamente, pero sospechaba que ese debía de ser su aspecto habitual, algo que tenía su lógica. Dante trabajaba en el peor distrito de Los Ángeles, investigando asesinatos, muchos de ellos relacionados con bandas. Era, sin duda, un trabajo que acababa pasando factura.

Sin embargo, Grady bajó de las nubes al ver que Emily se dirigía hacia él, contoneándose y enfundada en un vestido de noche rojo que, en su opinión, debería ser ilegal. Se ceñía a sus curvas y dejaba al descubierto mucho más de lo que le parecía conveniente, pero le quedaba tan bien que se le puso dura en cuanto le sonrió.

—Aún no me puedo creer que hayas organizado todo eso. Qué bien te queda el esmoquin, Dios… —Lo abrazó del cuello y le dio un suave beso en los labios—. Es usted increíble, señor Sinclair.

Grady tenía un don para reconocer cuando alguien lo estaba desafiando, de modo que enarcó una ceja.

—Ya te dije que te lo haría pagar muy caro si me llamabas así. Hay muchos Sinclair y yo quiero ser especial.

—No llegaste a especificar en qué consistiría el castigo. —Se arrimó más a él y le susurró al oído con su voz más sensual de «házmelo aquí y ahora»—: Aunque a lo mejor me gusta.

Bueno… Había sido una gran idea organizar una fiesta y había hecho muy feliz a su mujer, pero en ese momento prefería retirarse.

—Te lo demostraré cuando lleguemos a casa.

Era una suerte que sus hermanos tuvieran su propio sitio donde quedarse.

—Hope se ha disculpado, por cierto. Pobrecilla. No te imaginas la vergüenza que pasó cuando supo lo que había pasado. No deberías haberle dicho nada —lo reprendió Emily—. Me cae muy bien. De hecho, me cae bien toda tu familia.

—Me resulta extraño verlos a todos juntos de nuevo y aquí. —Grady la agarró de la cintura—. Los echaba de menos.

—A lo mejor pueden quedarse unos días —aventuró Emily.

—Yo no me haría muchas ilusiones —le advirtió Grady frunciendo el ceño—. Bastante milagro es que hayamos podido reunirnos en Amesport.

—¡Falta un minuto para medianoche! —anunció una voz masculina, intentando hacerse oír por encima de la música.

Grady robó dos copas de champán de una mesa cercana y le ofreció una a Emily. Su hermanos, Jason y los padres de Emily se reunieron en torno a ellos y Grady se dio cuenta de que nunca había sido tan feliz. Estaba con la mujer a la que amaba, acompañado de toda su familia. No había nada mejor que eso.

—Me muero de ganas de llegar a casa —le susurró Emily al oído con su voz más sensual.

Bueno… quizá sí que había algo mejor, pero aun así se consideraba muy satisfecho.

—Te veo un pelín «alegre» —le dijo a Emily con una sonrisa. Antes de la fiesta ella le había confesado que cuando bebía se desmelenaba un poco, por eso Grady se había asegurado de que no le faltara una copa llena toda la noche.

—Quizá un poco —admitió ella, acercando el índice y el pulgar.

—Cinco.

—Cuatro.

—Tres.

—Dos.

—Uno.

La sala estalló en gritos de alegría para dar la bienvenida al Año Nuevo.

Cuando Emily abrazó y besó a toda la familia, agarró a Grady de la mano y lo arrastró a la pista de baile.

—Baila conmigo —insistió, lanzándose a sus brazos con total desinhibición.

Grady la agarró y la posó en el suelo lentamente.

—Feliz Año Nuevo, mi ángel.

—Feliz Año Nuevo, mi amor —respondió ella con una mirada refulgente de felicidad—. Dime tus deseos de Año Nuevo y me aseguraré de hacerlos todos realidad —le pidió ella con total convicción.

Grady sonrió de oreja a oreja.

—Deseo que me ames siempre.

Ella le dio un manotazo en el bíceps antes de dejar que la arrastrara a bailar el *Auld Lang Syne*.

—Eso ya lo tienes. Piensa en otra cosa.

—Imposible, ángel. Ya has hecho realidad todo lo que podía desear.

Los ojos de Emily empezaron a brillar, anegados en lágrimas.

—Te quiero, Grady.

Él la atrajo hacia sí y le susurró al oído:

—Yo también te quiero. Gracias por devolverme la Navidad. ¿Cuál es tu deseo de Año Nuevo?

Nada podía hacerlo más feliz que concederle lo que pudiera desear.

—Mi deseo es que me beses —respondió ella sin más.

—Soy multimillonario y ¿eso es lo único que me pides?

Grady hizo una mueca, pero en realidad no podía ser más feliz.

—Es lo que quiero. Me has dicho que intentarías darme lo que pidiera —le dijo con picardía, utilizando sus mismas palabras.

—Lo que tú pidas, cielo —le dijo con una sonrisa.

Acto seguido Grady le rodeó la cintura con un brazo, le sujetó la nuca con el otro, la inclinó hacia atrás y le dio el beso más dulce y apasionado de Año Nuevo que le habían dado jamás.